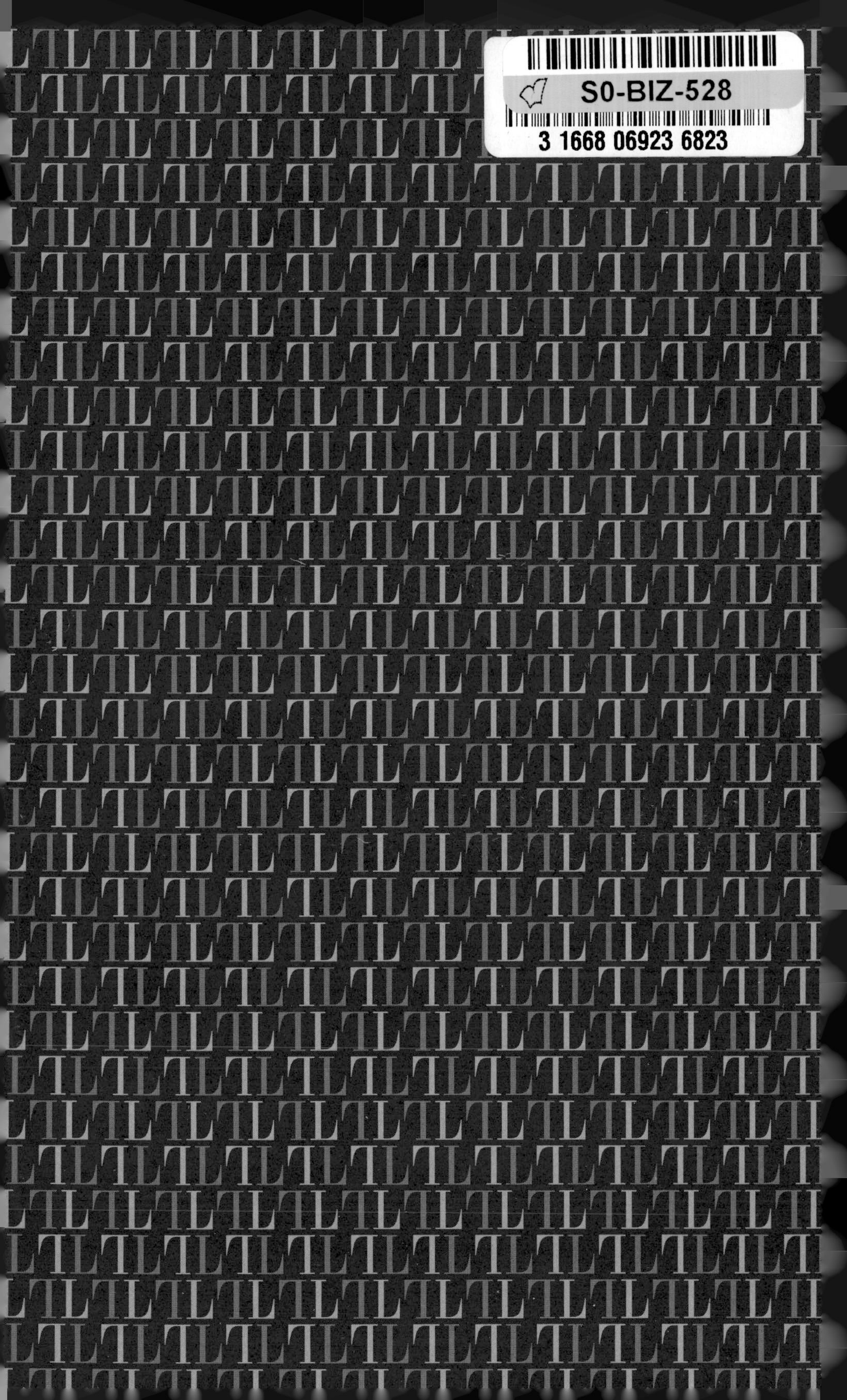

La niña y su doble

La niña y su doble

Basada en la vida de Nusia Stier de Gotlib

Alejandro Parisi

Lumen

narrativa

Primera edición: mayo de 2016

Travessera de Gràcia, 47-49. 08021 Barcelona

Printed in Spain – Impreso en España

ISBN: 978-84-264-0304-9
Depósito legal: B-7.106-2015

Compuesto en La Nueva Edimac, S. L.

Impreso en Liberduplex
Sant Llorenç d'Hortons (Barcelona)

H 4 0 3 0 4 9

Penguin
Random House
Grupo Editorial

a Dante y Vera, mis hijos

1

Subida a una silla, Nusia observaba la calle a través de las ventanas esperando la llegada de Ruzyczka. El día anterior, la institutriz le había prometido que irían de paseo al parque. Pero la muchacha no llegaba, y Nusia estaba tan impaciente como podía estarlo una niña de cinco años que esperaba salir de su casa para jugar en el parque. Fridzia, su hermana mayor, estaba en la escuela; Hanna, su abuela paterna, que vivía con ellos, se había marchado a casa de su hija. Y Nusia estaba aburrida.

El repiqueteo de las máquinas de coser le llegaba desde el pequeño taller que sus padres habían montado en una de las habitaciones del enorme departamento en el que vivían. Las costureras no dejaban de trabajar en ningún momento. Nusia bajó de la silla y se dirigió al taller. La puerta estaba entreabierta. Con sigilo, se asomó para ver si su padre estaba en la casa. En cambio, se encontró con Helena, su madre, que conversaba con una de las empleadas sobre los botones que debía coser en el saco que estaba terminando.

Se alejó rápidamente. Tenía prohibido entrar allí en horas de trabajo. Sin embargo, a veces se las ingeniaba para observar a sus padres sin que la descubrieran. Le gustaba ver a su madre dirigiendo a las empleadas, la seguridad con la que les hablaba de los diseños y de las costuras, de los cortes y de las telas que atiborraban aquel cuarto convertido en taller. Pero lo que más le gustaba era ver a su padre conversando con los clientes que hacían sus pedidos de camisas, sacos de fumar, togas y finos piyamas. Abogados, jueces, militares y funcionarios polacos, todos trataban a su padre con respeto y él los seducía con sus formas educadas, sutiles, de hombre de mundo.

De pronto, Nusia oyó el sonido de la puerta al abrirse. Se volvió, esperando que fuera la institutriz, pero en la puerta había dos hombres. Uno de ellos era su padre. Al verlo, Nusia corrió a sus brazos. Durante unos segundos, Rudolph dudó entre acompañar a su cliente a la oficina o marcharse con su hija para disfrutar el sol de aquel día de septiembre. Sin embargo, se limitó a abrazarla, besarle las mejillas y pedirle que volviera a sus cosas para que él pudiera terminar de cerrar una nueva venta.

Nusia protestó en voz baja, sabiendo que mientras el pequeño taller estaba abierto a empleados y clientes ella no debía molestar a sus padres. A veces le costaba aceptarlo: el solo hecho de estar a tan poca distancia de su padre y no poder jugar con él, conversar o simplemente abrazarlo, la ponía de mal humor. Pero debía aceptarlo. Su madre le había explicado que la institutriz, la mucama, la casa, la comida, los paseos, incluso sus juguetes, todo lo que tenían era gracias a ese trabajo.

Al fin, su padre y el cliente se encerraron en la oficina y ella regresó junto a la ventana. Minutos después, Ruzyczka entró a la casa, tan bien vestida como siempre. Al verla, la institutriz la señaló con un dedo acusador.

—Una señorita como tú no puede sentarse así. Te lo he dicho mil veces, Nusia. Junta las rodillas.

—¿Me llevas al parque?

Su casa estaba ubicada a pocos metros de la Ópera y del edificio de la Municipalidad, una de las zonas más exclusivas de aquella ciudad habitada en partes iguales por polacos, judíos y ucranianos, que a lo largo de los siglos había cambiado de manos y de nombre. Al principio se había llamado Lev, en honor al hijo del rey de Daniel de Galitzia, quien la fundó en 1256. Cien años después, los polacos la conquistaron y le dieron otro nombre. En 1772, la ciudad había sido tomada por los austríacos, que la llamaron Lemberg y la convirtieron en capital de Galitzia, una de las provincias más importantes del Imperio austrohúngaro. Al fin, tras la Primera Guerra Mundial y la caída del Imperio, los polacos volvieron a apoderarse de ella y la rebautizaron con el nombre por el que todos la llamaban ahora: Lwow.

Pero de esa historia Nusia sabía poco y nada. Para ella, Lwow era un hervidero de gente que iba de un lado a otro conversando en polaco, yidis y ucraniano, entrando y saliendo de bellas iglesias grecorromanas, de imponentes catedrales católicas y de sinagogas de fachadas austeras. Le gustaba ver gente tan distinta a su alrededor.

Al salir a la calle, como siempre, corrió hasta el mercado que cada semana los campesinos del interior montaban en el centro para vender sus animales, sus panes, sus frutas y verduras a la gente de la ciudad. Durante los pocos minutos que a Ruzyczka le tomó encontrarla, Nusia se dedicó a observar a aquellos campesinos y a los judíos ortodoxos con sus trajes, tan extraños y distintos a los que confeccionaba su padre.

Al fin, Ruzyczka la tomó de la mano y la arrancó del mercado perfumado por el estiércol de los animales. Juntas, se alejaron por la calle principal. Tenían un par de horas antes de que Fridzia saliera de la escuela. Compraron unas galletas de miel en una tienda y se dirigieron al parque.

Ruzyczka era una muchacha inteligente, de buena familia, como ella. Sabía de libros y de gente importante. Había cursado la carrera de Filosofía en la universidad, pero no podía ejercer como profesora porque la cuota de judíos estaba cubierta. Debía esperar que alguno se jubilara, se muriera o se marchara para ocupar su lugar, y mientras tanto desempeñaba trabajos para los que estaba sobrecalificada.

Estaban conversando en el parque cuando, a lo lejos, oyeron unos gritos. De pronto, Nusia vio a un grupo de hombres armados con palos que cruzaban el césped y sintió que Ruzyczka la rodeaba con los brazos para protegerla. Los hombres comenzaron a apalear a todas las personas que encontraban en el parque al tiempo que, como un coro fúnebre, repetían: «Fuera los judíos, las judías con nosotros».

Confundida, Nusia miraba la escena a la distancia, y hubiera seguido mirando si Ruzyczka no la hubiese obligado a alejarse del lugar.

Se dirigieron a la puerta de la escuela de Fridzia, y cuando la vieron salir, Nusia se apuró a contarle todo lo que había visto. Su hermana se horrorizó con eso que a Nusia le causaba tanta curiosidad.

Era viernes, y mientras en Lwow los polacos perseguían a los judíos desprevenidos, otros judíos se disponían a comenzar el sabbat. Como todos los viernes, en casa de los Stier las velas encendidas proyectaban sombras extrañas en el techo. Sentados a la mesa, Nusia, Fridzia y Helena esperaron que Rudolph se lavara las manos en el cuenco que tenía junto a él, sobre la mesa. Luego lo oyeron murmurar una oración y sólo entonces comenzaron a comer. Excepto por la vajilla, la comida kosher y la mezuzá enclavada sobre el marco de la puerta, la casa era muy distinta a la de muchos judíos. Había comenzado el sabbat, pero las luces estaban prendidas y, al día siguiente, en lugar de a la sinagoga, sus padres irían al teatro.

Rudolph apenas había probado el pescado relleno. Estaba impaciente. De a ratos, se asomaba a la ventana y regresaba a la mesa.

—¿Dónde se habrá metido? —preguntó.

—En casa de tus hermanos. Siempre hace lo mismo, no sé por qué te preocupas. Tu madre me teme más a mí que a Petliura.

—¿Quién es Petliura? —preguntó Nusia.

—Un ucraniano que llevó adelante cientos de pogromos —respondió su padre.

—¿Y qué es un pogromo? —insistió Nusia.

—Algo mucho peor que lo que has visto hoy en el parque —respondió su madre, con gesto ausente.

Al fin, cuando se abrió la puerta y Rudolph vio entrar a su madre, se acodó en la mesa con alivio. La abuela Hanna saludó a todos en voz baja, se excusó por su tardanza y se dirigió a su cuarto. Cuando regresó, ocupó su lugar en la mesa y comenzó a comer. Nusia no entendía por qué su abuela se pasaba el día afuera. Tampoco que no hablara con su madre.

Cenaron en silencio. Cuando las niñas se fueron a dormir, Rudolph y Helena se marcharon a tomar una copa al café Roma. Más tarde irían al cine, con la confianza de que la ciudad hubiera recuperado su calma habitual.

2

El invierno de 1938 fue uno de los más crudos y más largos que Nusia recordaba. Había comenzado a nevar en diciembre, y el 26 de marzo, el día en que cumplía ocho años, al despertarse, a través de las ventanas Nusia vio que Lwow seguía cubierta de nieve. Después de lavarse y vestirse, se dirigió a la sala a desayunar. Sus padres la esperaban con un paquete envuelto en papel dorado y un enorme lazo rojo. Mientras Mania servía el té y las galletas, ella se apuró a abrir el regalo. Era una muñeca vestida de encaje, rubia y de ojos claros, con las mejillas sonrosadas.

Ella y Fridzia desayunaron rápidamente. No tenían tiempo que perder. El trineo vendría a buscarlas de un momento a otro. Tomaron sus carteras con los útiles escolares, libros y lápices, se cubrieron con largos abrigos, bufandas y guantes y se despidieron de sus padres. En la puerta de calle se cruzaron con las empleadas que llegaban para trabajar en el taller. Mala, la más joven de todas, abrazó a Nusia y le deseó un feliz cumpleaños.

Cuando las muchachas entraron al edificio, las dos hermanas salieron a la calle. Las recibió un viento gélido que les llenó los ojos de lágrimas. A los costados de las veredas, la nieve barrida para permitir el paso de los carros y automóviles se amontonaba en blancas montañas que se perdían en el horizonte. Los árboles, con sus hojas escarchadas, parecían esos pinos que los católicos decoraban para celebrar la Navidad.

Una junto a la otra, Nusia y Fridzia vieron llegar el trineo tirado por los dos caballos azabaches. El cochero, un polaco de mejillas encarnadas, llevaba un sombrero ruso de piel que le ocultaba medio rostro. Las niñas se subieron al trineo. El cochero fustigó a los animales y comenzaron a andar.

Al entrar en la escuela, Nusia se encontró con su prima. Sara era hija de una hermana de su padre, y ese era el único contacto que Nusia tenía con su familia paterna. A veces iba a casa de Sara a jugar o a estudiar, pero los padres de ambas nunca se veían. Como la abuela Hanna, su tía también evitaba a su madre. Nusia no entendía aquella distancia, sin embargo ni unos ni otros les impedían a las niñas ser amigas.

Las niñas se abrazaron y se dirigieron al aula tomadas de la mano.

Cuando llegó la hora de la clase de religión, Nusia, Sara y los demás niños judíos abandonaron el aula. Desde el patio pudieron ver al sacerdote que entraba para darles clase a los niños católicos.

A la salida las esperaba Ruzyczka. Nusia le pidió que las llevara a su casa. A veces, cuando les sobraba tiempo después de hacer las tareas escolares, la institutriz las llevaba a su propia casa para hablarles de los libros de historia, filosofía y literatura que atiborraban los anaqueles que cubrían las paredes de la sala. Ruzyczka sabía de todo, más, incluso, que los maestros de la escuela. Pero aquel día Ruzyczka dijo:

—No. Hoy comenzarán a tomar clases de hebreo.

Nusia y Fridzia se miraron.

—¿Hebreo? —preguntaron a coro.

—El señor Rudolph ha contratado a un rebe que les enseñará el alfabeto para que puedan leer las oraciones.

Envuelto en su caftán negro, con un sombrero recubierto de piel al estilo ruso, con el rostro enmarcado por una larga barba rala y unos peyes ensortijados, el rebe esperaba sentado en una silla con los ojos entrecerrados. Era un anciano arrugado y tembloroso, que al verlas llegar clavó los ojos en el suelo para evitar mirar a la bella Ruzyczka.

Primero las saludó en hebreo, pero al ver que las niñas no contestaban tuvo que saludarlas en yidis. Las niñas seguían impàsibles. Al fin, con un gesto de derrota, el rebe les deseó los buenos días en polaco. Nusia y Fridzia le devolvieron el saludo. Nusia sintió un fuerte olor a cebolla, pero tardó un rato en darse cuenta de que provenía de las ropas del rebe. Se dirigieron a la mesa de la sala y se quedaron en silencio, mirándolo con una curiosidad burlona. El rebe retiró un libro de tapas de cuero de su cartera y lo abrió en el centro de la mesa.

Las niñas miraron el margen izquierdo mientras el dedo índice del rebe señalaba el margen derecho. De pronto, el hombre comenzó a leer, balanceando la cabeza como si rezara. Al fin, ellas comenzaron a repetir las palabras que el otro les decía, esforzándose en vano por pronunciar con corrección.

La clase las aburrió demasiado. Poco antes de que acabara, Fridzia deslizó una mano en un bolsillo y retiró una moneda. Con delicadeza, la deslizó hacia el rebe y dijo:

—Si se marcha ahora y no le dice nada a nuestro padre, mañana le daremos otra moneda.

—Fridzia —dijo Ruzyczka, escandalizada.

Sin embargo, el rebe, incómodo por la presencia de Ruzyczka y la falta de interés de las niñas, se guardó la moneda y se despidió con una sonrisa.

Por la tarde Rudolph y Helena dejaron de ser los directores del taller de camisas, togas, sacos y piyamas de la fábrica Rud-Star y volvieron a ocupar sus funciones de padres. Ruzyczka, que ya había supervisado el baño y el cambio de ropa de las niñas, se despidió de todos y se marchó para que la familia pudiera disfrutar del cumpleaños de Nusia.

La tía Ruzia, la hermana de Helena, llegó con su familia poco antes del anochecer. Al entrar, Eva, su prima, abrazó a Nusia y la besó en la frente. Le llevaba ocho años, pero a pesar de la diferencia de edad ambas tenían una relación muy cercana. Para Nusia, su prima era un espejo que mostraba el futuro que ella quería para sí: una muchacha bella, inteligente, con una picardía mordaz. Mientras sus padres y su hermano Sigmund saludaban a los padres de Nusia, Eva le dijo al oído a Nusia:

—¿Así que quieres aprender hebreo?

Y soltó una carcajada. Nusia le dio un pisotón. Eva se tomó el pie sin dejar de reír, al tiempo que decía:

—El rebe es maestro de Sigmund, así que la culpa es suya, no mía. ¿Dónde está la abuela Hanna?

Hanna no era abuela de Eva, pero ella le había tomado un cariño inmenso porque le encantaba oírla hablar. Inmediatamente, las tres niñas se dirigieron al cuarto de su abuela.

Al mismo tiempo, Helena y Ruzia se fueron a la cocina para conversar y asegurarse de que Mania tuviera la comida lista. Las dos hermanas eran tan inseparables como sus hijas. En 1914, cuando los cosacos invadieron su ciudad natal y su madre con sus hermanos se marcharon a pie a Checoslovaquia, ellas dos habían partido a Viena para aprender un oficio. Allí pasaron los cuatro años que duró la guerra. Mientras Helena aprendía a diseñar patrones de prendas de vestir, Ruzia se había dedicado a la confección de finos sombreros. Pero ahora la única que trabajaba era Helena. No por necesidad, sino porque disfrutaba del trabajo. Ruzia no. Se había casado con Isidoro, un judío que tenía la representación de una firma textil francesa en Polonia y viajaba por todo el país vendiendo finas prendas que le procuraban bastante dinero y le evitaban a ella esfuerzos que no le causaban la mínima satisfacción.

Ahora Isidoro estaba en la sala con Sigmund, su hijo, junto a Rudolph. Bebían té y conversaban sobre las noticias que llegaban de Alemania.

En el cuarto de la abuela, Nusia, Fridzia y Eva estaban sentadas en torno a Hanna, que se peinaba el largo cabello frente a su tocador.

—¿Es cierto que has bailado con el príncipe Rodolfo? —preguntó Eva, que conocía la anécdota pero disfrutaba la manera en que la abuela Hanna solía contar sus historias.

—Niñas, no saben lo bello que era. Fue en un baile, aquí en Lemberg. Rodolfo de Habsburgo-Lorena había llegado más tarde que los invitados, y su presencia fue anunciada con un sonido de trompetas. Vestía unos pantalones rojos de pana y su casaca blanca, cargada de botones de oro y medallas. Apenas entró, se fijó en mí.

Hanna suspiró, sin dejar de mirarse al espejo. Su amor platónico por el príncipe era tan fuerte que le había puesto su nombre a su propio hijo, el padre de Nusia. Durante unos segundos, en sus ojos húmedos de anciana brilló un lejano fulgor de juventud.

—¿En qué año, abuela?

—En qué siglo, diría yo. Fue en 1870, antes de que la maldita baronesa Vetsera lo llevara al suicidio.

—¿El príncipe se suicidó? —preguntó Fridzia.

—Sí, pero mejor hablemos del baile. ¿Quieren oír?

Las tres niñas asintieron. La abuela se miró por última vez al espejo y se volvió hacia ellas. Acomodándose el cabello detrás de las orejas, dijo:

—En ese entonces yo no era esta uva arrugada que soy ahora. Tenía la carne firme, y mis vestidos estaban llenos de curvas.

Nusia cerró los ojos, con una sonrisa.

—Un ujier del príncipe se acercó a mí poco antes de que la orquesta comenzara a tocar y me dijo: «Su Majestad desea invitarla a bailar la próxima pieza». Podrán imaginarse. Tenía ganas de correr y besarlo. Pero…

En ese momento llamaron a la puerta. Las cuatro mujeres se volvieron: la mayor, frustrada por haber visto interrumpido su relato; las niñas, porque preferían escuchar a la abuela antes que cenar con sus padres. Al otro lado de la puerta, Ruzia y Helena les ordenaron que se apuraran: la comida estaba lista.

Cuando salían del cuarto, Nusia le preguntó a Eva:

—¿Son ciertas las historias que cuenta la abuela?

Eva rió.

—¿Y eso qué importa?

Eva no era la única que caía rendida ante la locuacidad de la abuela Hanna. Mujer inteligente que había sabido ser bella, recibía constantes llamados e invitaciones para cenas y paseos. Todos querían oírla hablar. Sin embargo, la abuela apenas hablaba en presencia de su hijo y su nuera.

Las clases de hebreo y las propinas que las acortaban duraron cerca de un mes. Al fin, hartas del tembloroso rebe que olía a cebolla y

las obligaba a repetir oraciones religiosas que no entendían y que no les generaban el menor interés por aquella lengua, Nusia y Fridzia decidieron hablar con su padre.

—Es insoportable —dijo Nusia.

—Pero, Nusia, deben aprender hebreo. Todos los judíos debemos saber la lengua santa.

—Tú hablas yidis, ¿por qué debo aprender hebreo? Enséñame yidis.

—No, tienes que aprender hebreo.

—Entonces que sea con otro profesor —dijo Fridzia.

Su padre las miró en silencio. Con el ceño fruncido, se esforzaba para no transmitir en sus gestos cuánto le divertía el planteo de sus hijas. Al fin, a la semana siguiente, al llegar de la escuela, Nusia, Fridzia y Ruzyczka se encontraron con un hermoso muchacho vestido a la manera occidental, de cabellos y ojos negros, con una mirada seductora.

Antes de que ellas dijeran nada, el muchacho señaló la mesa y dijo cómo se decía «mesa» en hebreo. Después hizo lo mismo con la lámpara y los libros y los zapatos de Nusia. Ellas repitieron y sin darse cuenta comenzaron a aprender sus primeras palabras.

Meses más tarde, la familia de Nusia y la de su prima Eva volvieron a reunirse. Esta vez, no estaban para festejos. Helena les pidió a las niñas que se fueran al cuarto de Nusia a jugar, mientras los mayores se sentaban en torno a la radio. Las noticias desde Alemania eran aterradoras. Nusia podía notarlo en el gesto de preocupación de su padre. Su tío, en cambio, parecía sereno. Fridzia y Eva se marcharon al cuarto. Nusia permaneció unos minutos en la sala, sin dejar de mirar a su padre.

Desde la radio le llegaban frases aisladas que no era capaz de comprender. Lo único que estaba claro era que en Alemania los judíos estaban siendo perseguidos.

Al fin, oyó a su padre soltar un insulto, como nunca había oído.

—Son unos animales.

—Rudolph, no seas necio —dijo el tío Isidoro.

—¿Necio? ¿No oyes lo que dicen? No quiero ni pensar lo que debe estar sufriendo mi familia en Dresde.

—La radio exagera. Sólo los están enviando hacia aquí.

—Pero ¿y si deciden invadirnos?

—No será la primera vez. Y, en todo caso, si llegan los alemanes, nos obligarán a todos los hombres judíos a trabajar para ellos. A los niños y las mujeres no les pasará nada, ellos son sagrados para los alemanes —dijo Isidoro.

Rudolph no parecía tan seguro. De pronto, la tía Ruzia dijo:

—Miedo debemos tenerles sólo a los rusos. Si los que invaden son ellos, estaremos perdidos.

—Quemarán las ciudades, matarán a los niños, violarán a las mujeres… —comenzó a decir Helen, pero al descubrir a su hija medio escondida tras el marco de la puerta gritó—: Nusia, al cuarto.

A principios del año siguiente, llegó a Lwow la familia que Rudolph tenía en Dresde. O parte de ella: su prima Edwarda y su hijo Hans eran los únicos que habían sobrevivido a «la noche de los cristales rotos». Rudolph los invitó a cenar la misma noche de su llegada.

Lo poco que sabía de las penurias de su primo y su tía le había bastado a Nusia para imaginar que estarían asustados, y sobre todo furiosos con los alemanes que los habían expulsado del país donde habían vivido desde hacía más de veinte años.

—Desgraciados alemanes —dijo Rudolph al abrazar a su prima.

—Ellos sabrán lo que hacen —respondió ella.

Rudolph, Fridzia, Nusia y Helena la miraron esperando que fuera una broma. Pero Edwarda hablaba en serio.

—Alemania nos permitió vivir allí, pero los judíos no aceptaron mezclarse. Siempre andan con esas ropas extrañas, esas barbas antiguas…; se lo tienen merecido.

—Pero ¿no te han expulsado? ¿No has tenido que abandonar tu casa, tu ciudad?

—Por culpa de los judíos.

—Tú eres judía.

—No como ellos.

3

En 1939 Nusia comenzó cuarto grado. Pero aquel año no sería recordado justamente por eso. En septiembre, el verano terminaba y las calles estaban llenas de niños que se dirigían a las escuelas o regresaban de ellas. Mientras Nusia y Fridzia se preparaban para salir, su padre entró a la casa bastante agitado. Tenía la frente húmeda de sudor, el último botón desabrochado y la corbata le colgaba del cuello, a media altura de la camisa.

—¿Tú no debías reunirte con el escribano Kowalski? —preguntó Helena.

—Sí, pero ha pasado algo —dijo Rudolph, misterioso.

—¿Qué?

Rudolph señaló a las niñas, dándole a entender a su mujer que no quería hablar delante de ellas. Pero Helena no le hizo caso.

—Eso que ha pasado, ¿es tan importante como para que dejes de trabajar?

—Han comenzado a bombardear Varsovia.

—¿Quiénes?

—Los alemanes.

—Tardarán algunos días en llegar —dijo Helena, asomándose a la ventana, como si buscara confirmar su serenidad mirando la calle tranquila.

—No. Hacia aquí vienen los rusos.

Sólo entonces Helena comprendió la gravedad de las noticias, y se puso pálida. Nusia y Fridzia tomaron sus carteras e intentaron salir, pero su madre las retuvo.

—Ustedes no irán a ninguna parte.

Inmediatamente, su padre encendió la radio. Todos se reunieron en torno a ella, incluso Mania y las costureras polacas. El locutor hablaba con voz entrecortada: Polonia estaba siendo invadida por Alemania desde el oeste, y por el Ejército Rojo desde el este. En casa de los Stier, las costureras comenzaron a rezar sus oraciones católicas. En la Primera Guerra Mundial, todas ellas habían perdido familiares en manos de los cosacos. Ahora, la proximidad del Ejército Rojo volvía a traerles las historias con las que se habían criado desde pequeñas: siglo tras siglo, generación tras generación, los polacos habían heredado un terror acérrimo a los rusos.

Los aviones de la Luftwaffe llegaron a Lwow ese mismo día, al anochecer. Desde el departamento, a través de las ventanas, Nusia y su familia vieron los refucilos de las bombas que caían sobre el aeropuerto y los tendidos ferroviarios que comunicaban la ciudad con el resto de Polonia. Las campanas de las iglesias repicaban, advirtiendo a los habitantes de la llegada de los bombarderos. Las paredes del departamento vibraban con los estruendos. Era como si el edificio fuera a caerse sobre ellos. Durante toda la noche, los aviones llenaron el cielo de fuego. En su casa, abrazada a su padre, junto con su hermana, su madre, su abuela y Mania, Nusia mantuvo los ojos abiertos hasta que se lo permitió el cansancio. Al fin, cuando en el cielo oscuro el fuego de las bombas dejó sitio a las llamas del alba, los aviones se marcharon hacia el oeste y las alarmas dejaron de sonar. Por la mañana, la radio anunció que los alemanes habían ocupado Lodz y seguían bombardeando Varsovia, que resistía heroicamente.

Los bombardeos continuaron durante aquellas dos primeras semanas de septiembre. La estación de trenes y el aeropuerto habían quedado destruidos, como también el bello pasaje Mikojaia, donde alguna vez Nusia acompañó a su padre a comprar un regalo para Helena. Sin embargo, salvo estas tres zonas, Lwow se mantenía en pie, a salvo de las bombas alemanas. Como todos, Nusia y su familia ya se habían acostumbrado a las explosiones. No salían a la calle, pero ya no temían que el edificio se derrumbara. Lo único que esperaban era que la invasión terminase y las cosas se volvieran a normalizar.

A través de las conversaciones que sus padres mantenían a espaldas de ella y Fridzia, pero que Nusia oía sin que la vieran, supo que los ucranianos se habían escondido temiendo la llegada de los rusos. También los polacos. Los únicos que parecían conformes con la invasión rusa eran los judíos. Los pogromos que habían realizado los zares aún estaban en la memoria de todos, pero las noticias frescas de Alemania eran aún peores, y se renovaban día a día.

La mañana del 16 de septiembre Rudolph salió a la calle. Nusia se asomó a la ventana y vio que la gente iba y venía con bultos, cajones o maletas. Luego, vio a su padre conversar con los campesinos que, en el mercado, no daban abasto para atender a todos los que se acercaban a comprar las provisiones que los ayudarían a sobrevivir hasta que terminara la invasión. Durante unos minutos, Nusia perdió de vista a su padre. Luego oyó ruido en las escaleras, y abrió la puerta. En la oscuridad, oyó que Rudolph la llamaba desde el piso superior.

Las puertas de la azotea estaban abiertas. Con cuidado, Nusia subió los escalones y salió. La claridad le hirió los ojos, sin embargo no le impidió ver a su padre, arrodillado delante de dos gansos. Uno era completamente blanco, el otro tenía una mancha negra en una de sus alas.

—Son hermosos —dijo ella.

—Nos ayudarán a sobrevivir mientras no haya provisiones.

—Rudolph, ¿qué son esos animales?

Nusia y su padre se volvieron para mirar a Helena. En sus labios había una mueca de fastidio que Nusia no supo descifrar, pero que Rudolph conocía hasta el hartazgo.

—Gansos, mujer —respondió entre dientes.

—Ya lo sé, ¿pero qué hacen aquí?

—Los he comprado.

—¿Para qué?

—Ya lo verás.

Al día siguiente, las calles amanecieron desiertas. La radio polaca había dejado de emitir sus partes de guerra. Sólo se oían las noticias de los rusos y alemanes, que anunciaban la ocupación de Polonia. Stalin y Hitler se la habían repartido como si fuese una de esas tortas que se vendían en el café Roma. Acorralado, el gobierno polaco había escapado a Inglaterra, desde donde intentaría apoyar a la resistencia que se ocuparía de llevar a cabo la liberación.

Por la tarde, Nusia y su padre subieron a la azotea a alimentar a los gansos. Nusia tenía unos trozos de pan duro en la mano. Arrodillada, extendió la palma abierta hacia las aves, que olisquearon el aire y luego, paso a paso, se acercaron a picotear los mendrugos que ella les ofrecía. Pero entonces los gansos agitaron sus alas, asustados por un ruido ensordecedor.

Nusia y Rudolph miraron hacia el cielo. Nusia vio las estrellas rojas que decoraban las alas y el alerón, pintados de verde. El avión cruzó la ciudad y se perdió hacia el oeste. Sólo entonces descubrieron, a lo lejos, las siluetas de los primeros soldados rusos que entraban a la ciudad con sus banderas y fusiles en alto.

Su padre la tomó de la mano y juntos regresaron al departamento. No hizo falta que dieran la noticia. Pegada al cristal de la ventana, Helena observaba a los rusos en silencio.

—Estamos perdidos —dijo.

Durante algunos días, ningún integrante de la familia Stier salió del departamento. Desde las calles llegaban sonidos de disparos y explosiones.

—Así lo han hecho siempre —decía Helena—: destruyen todo lo que encuentran.

La segunda noche, mientras cenaban, oyeron que alguien llamaba a la puerta.

—No abras —dijo Helena.

—No abras —dijo la abuela Hanna, y Nusia pensó que era la primera vez que su abuela y su madre coincidían en algo.

Pero Rudolph ya se había incorporado, y ahora, con el ojo derecho pegado a la mirilla de la puerta, trataba de descubrir quién llamaba.

—Ábrame, Stier —susurró una voz al otro lado de la puerta.

—No abras —dijo Helena.

—Podolski —dijo Rudolph, sin prestar atención a los ruegos de su esposa, mientras abría la puerta.

Nusia pudo ver que era uno de los clientes de su padre.

—Stier, si aún somos amigos, ocúlteme —rogó el hombre desde el vano de la puerta.

—Entre —dijo Rudolph.

Cuando Podolski entró, Rudolph se asomó para mirar por las escaleras. Nadie había visto al polaco. Aliviado, cerró la puerta para recibir un fuerte abrazo de su cliente.

—Gracias.

—¿Qué le ha pasado?

—¿Tiene un vaso de agua? —preguntó el polaco.

—Mania, sírvele agua y comida al señor Podolski —ordenó Rudolph.

—Los rusos están persiguiendo a todos los oficiales del ejército polaco, nos están matando en los bosques. Tiene que esconderme unos días, se lo suplico.

Rudolph miró a Helena, buscando su aprobación. Los labios de su mujer parecían sellados con una mueca indescifrable. Lentamente, ella alzó las cejas y dijo:

—Puede dormir en el sofá. Mania, prepárale unas mantas al señor.

Su odio a los rusos era mucho mayor que todos sus temores.

Nusia miró a Podolski. Parecía cansado. Sus ropas estaban sucias, como si hubiera estado arrastrándose por el suelo.

—¿Quiere lavarse y cambiarse de ropas antes de cenar? —preguntó Rudolph.

—Sería pedir demasiado…; hace tres días que no como, que no duermo. Se están vengando. Stalin nunca perdonará que hayamos luchado contra el comunismo. Quisieron obligarme a aceptar la ciudadanía rusa, pero huí.

—No se preocupe, aquí estará a salvo —dijo Helena.

Podolski era católico y tenía el grado de general, sin embargo era un hombre sencillo que se movía en silencio para no molestar a la familia. Cada vez que alguien llamaba a la puerta, corría a encerrarse en la despensa por miedo a que fueran los rusos. Pero los rusos no aparecieron durante los tres días en que se escondió allí.

4

La ciudad se había llenado de soldados, agentes secretos y civiles rusos. La policía y el ejército polaco habían sido desarticulados, asesinados y tomados prisioneros. Para entonces Podolski ya se había marchado de Lwow, y, si había logrado escapar de los rusos, ahora debía de estar en casa de su primo, en el campo.

El décimo día de la ocupación, Rudolph subió a la azotea para alimentar a los gansos. Uno, dos minutos después, regresó a su casa gritando:

—Desgraciados, ladrones...

—¿Qué ha pasado? —preguntó Helena.

—Me han robado los gansos.

—Debes agradecerlo. Generalmente, los rusos hacen cosas peores.

Rudolph tomó su chaqueta.

—¿Qué haces?

—Recuperar lo que es mío.

Salió del departamento sin prestar atención a los pedidos de su esposa. Caminó los ciento cincuenta metros que lo separaban del edificio donde antes había estado la gobernación polaca y donde ahora se alojaban los funcionarios, militares y civiles responsables de la ocupación soviética. Las banderas polacas habían sido reemplazadas por banderas rusas, y en la puerta ya no había policías polacos sino soldados vestidos de verde que lucían la estrella roja.

Rudolph se dirigió a uno de ellos en un perfecto ruso.

—Me han robado —dijo.

—¿Qué le han robado?

—Unos gansos que tenía en la azotea. ¿Los ha visto?

—Ayer, a esta misma hora.

—¿Quién los tiene?

—El cielo. Han pasado volando. Eran dos. Uno tenía una mancha negra en el ala derecha.

—Me está mintiendo. Me los ha robado. Debo hablar con un oficial.

El soldado sonrió. El desplante de aquel hombre le provocaba más gracia que violencia. Le hizo una venia a Rudolph y entró por la puerta del edificio. Minutos después, un general con charreteras doradas y medallas en el pecho se acercó a hablar con él. Rudolph volvió a repetir su denuncia.

—Señor, no le han robado nada —dijo el ruso—. Los gansos se han escapado volando.

—No puede ser…

—¿Se tomó el trabajo de recortarle las alas antes de dejarlos en la azotea?

Rudolph sintió una mezcla de vergüenza y derrota, y guardó silencio.

El general bolchevique sonrió con benevolencia.

—Por sus ropas adivino que no es campesino, así que no se culpe. No tiene por qué saber cómo viven los gansos. Y lo felicito, su ruso es casi perfecto.

—Gracias. Pensaba alimentar a mi familia con las aves —dijo

Rudolph, desconcertado por la ingenuidad de sus planes de supervivencia.

—No se preocupe, la ciudad pronto recuperará su funcionamiento y usted podrá trabajar como antes.

La conversación continuó amigablemente y derivó en otros temas. Al fin, Rudolph invitó al militar a beber una taza de té en su propia casa. El ruso no sólo aceptó, sino que pidió permiso para invitar también a un compañero de armas. Después de todo, aquel polaco era el primer habitante de Lwow que se mostraba hospitalario.

Al abrir la puerta y ver los dos uniformes soviéticos, Helena no pudo contener un grito de espanto. Los dos rusos sonrieron. Uno señaló la mezuzá enclavada en el marco de la puerta.

—No se preocupe, señora. Nosotros también somos judíos.

Helena permanecía en su lugar, bloqueando la entrada. Rudolph la miró y le hizo un gesto imperceptible buscando que entrara en razón. Al fin, ella se apartó y los hombres entraron al departamento. Rudolph señaló los sillones de la sala y pidió a los dos militares que se sentaran mientras él se encargaba de todo. Helena lo siguió hasta la cocina.

—¿Te has vuelto loco? —le dijo a su marido.

—No. He perdido dos gansos pero he ganado dos camaradas. Y en estos momentos, es lo mejor que nos puede pasar —dijo Rudolph con decisión.

—No digas estupideces, Rudolph…

—Son judíos como nosotros. No tienes nada que temer —le dijo a su mujer y, luego, mirando a Mania, que había presenciado la conversación en silencio, agregó—: Té para cuatro.

—Para tres —dijo Helena, y se marchó a su cuarto.

De regreso, Rudolph se encontró a uno de los hombres de pie, caminando por la sala, observando todos los detalles. El otro estaba en la puerta del taller, evaluando las máquinas de coser que permanecían mudas desde la entrada del Ejército Rojo.

—Tengo un pequeño taller de costura —dijo Rudolph.

—Señor Stier, usted es una persona que merece respeto. Por lo tanto, quisiera prevenirlo de que si nuestros inspectores descubren estas máquinas, dirán que usted es un burgués.

Rudolph entendió que era un consejo, y no una amenaza.

—¿Y qué debería hacer? —preguntó.

—Entregar sus medios de producción al gobierno soviético, para que él decida la utilidad que dará a las máquinas.

—Eso haré.

Cuando los rusos se marcharon, Helena y Rudolph convinieron que entregarían todas las máquinas menos una. No hizo falta que él la convenciera; su mujer ya había oído de boca de una vecina que los bolcheviques estaban expropiando todas las fábricas a sus dueños, capitalistas polacos deportados a Siberia.

Helena y Rudolph se encargaron ellos mismos de llevar las máquinas hasta la intendencia. Los rusos los recibieron con cortesía, satisfechos por no tener que confiscarlas y también porque Rudolph aceptara convertirse en ciudadano de la Unión Soviética. Los dos generales que habían ido a casa de los Stier los felicitaron por haber tomado la decisión correcta y, cuando Rudolph los invitó a cenar, prometieron visitarlo en los próximos días. Últimamente el trabajo no les daba respiro: quedaban muchas fábricas por expropiar a los burgueses de Lwow, las escuelas estaban siendo reestructuradas, y las calles custodiadas para evitar la presencia de la resistencia polaca que acechaba escondida en los bosques.

De regreso a la casa, Helena parecía más derrotada que furiosa.

El taller, que había sido su mayor ocupación y divertimento, había desaparecido.

—¿Cómo haremos para vivir? —preguntó.

—Tenemos ahorros. Además, pronto conseguiré trabajo. Ya lo verás. Los rusos prometieron ayudarnos —dijo Rudolph, con la seguridad y la confianza de siempre.

Ese día Rudolph, por precaución, decidió despedir a Ruzyczka. Tener una institutriz que les enseñase buenos modales a las niñas era tan burgués como poseer un taller de confección de ropa. Sus hijas sintieron mucho el alejamiento de Ruzyczka. Pero ese no fue el único cambio que Nusia y Fridzia sufrieron desde la ocupación soviética. Ahora en la escuela las clases se dictaban en ruso y ucraniano. El idioma polaco, como el país, parecía haber dejado de existir por completo.

Las calles tampoco eran las mismas. Cada día, al salir hacia la escuela, Nusia y Fridzia se cruzaban con centenares de personas que cargaban sus pertenencias en carros tirados por hombres y caballos. Algunos permanecían en las esquinas, sentados sobre sus valijas, mirando el suelo sin saber qué hacer. Hablaban en yidis y alemán. Nusia sabía por su padre que eran judíos que habían sido expulsados de Alemania. Sin embargo, no sabía la magnitud de ese exilio: durante el primer mes de ocupación, más de cien mil judíos alemanes y judíos polacos que huían de los nazis llegaron a la ciudad. A todos, los rusos les ofrecían convertirse en ciudadanos soviéticos. Los que rechazaban la oferta eran deportados a Siberia. Los que aceptaban, y este grupo era enorme, eran hacinados en precarias viviendas de la Polonia soviética. De pronto, la mitad de la población de Lwow era judía. Pero eso no duraría mucho tiempo.

5

Con el paso de los días, la ciudad acabó por acostumbrarse a las nuevas condiciones impuestas por los rusos. Mientras tanto, Rudolph seguía frecuentando a aquellos dos generales que lo habían visitado poco después de la invasión. Lo respetaban por sus maneras, pero lo observaban con envidia cada vez que lo veían con un traje distinto.

Un día les ofreció confeccionarles finas camisas hechas a medida con las telas que aún tenía guardadas y que, con el cierre del taller, ya no volvería a usar. A los rusos se les encendieron los ojos: si bien perseguían a los burgueses, añoraban vestir como ellos y olvidar sus toscas ropas militares.

Durante una semana, con desgano, insultando entre dientes, la propia Helena se encargó de tomar las medidas a los dos generales, y también de dibujar los patrones, cortar las telas y coserlas para que las camisas estuvieran terminadas. Cuando los rusos se las probaron, al verse en el espejo mostraron una sonrisa de triunfo.

Aquellos regalos no hicieron más que estrechar la relación con Rudolph. Ahora los rusos no sólo iban a tomar el té, sino que también cenaban en su casa y venían acompañados de otros militares. Parecían deslumbrados por aquel judío que nunca se cansaba de conversar. Complacidos, respondían a cada una de sus preguntas sobre Lenin, Stalin y la Revolución. En aquellas reuniones, regadas con el vodka que los rusos llevaban a todas partes, Helena permanecía en silencio, haciendo esfuerzos para controlarse y evitar que los rusos notaran su desdén.

Pero cuando ellos se marchaban, su rostro se ponía encarnado y estallaba a los gritos:

—No soporto más esto. No quiero recibir más a esos asesinos.

—Helena, no seas necia. Nos tratan bien, son amables…

—Pero no te han dado nada. Sigues sin trabajo. Sólo vivimos gracias a nuestros ahorros. Y si los rusos los descubren, te los quitarán.

—No me importa.

Rudolph no mentía. Si al principio se había acercado a los rusos por conveniencia, con el paso del tiempo había comenzado a sentir un sincero interés por todo lo que contaban. Les había pedido libros que lo ayudaran a comprender la importancia que tenía el comunismo para la humanidad. Incluso había comenzado a llamarlos camaradas.

Un viernes de diciembre de 1939, a la hora de los rezos y del comienzo del sabbat, Rudolph se sentó a la mesa y, sin pronunciar ninguna oración ni lavarse las manos, comenzó a comer como si nada. Su madre, su mujer y sus hijas lo miraron con extrañeza.

—Rudolph, debes rezar —dijo la abuela Hanna.

—Ya no.

—¿Qué dices? —dijo Helena, asombrada hasta el desconcierto.

—Que ya no rezaré. Mania, sírveme jamón, por favor.

—Te has vuelto loco. Es sabbat —dijo su madre.

—He dejado de ser kosher. La religión y el comunismo no son…

—¿De qué hablas? —lo interrumpió su mujer.

—Me he afiliado al Partido.

Helena se levantó con violencia. Estaba demasiado turbada para seguir compartiendo la mesa con él. Las niñas observaron la escena en silencio. Nusia estaba sorprendida por el valor de su padre.

Todas las fábricas de Lwow habían sido expropiadas a sus dueños burgueses. Los rusos habían sido implacables en esto. Sin embargo, no habían previsto un pequeño detalle: ahora que estaban en su poder, no sabían qué hacer con ellas. Así fue que un día uno de los camaradas de Rudolph apareció en la casa.

—Camarada Stier, necesitamos que dirija una de las fábricas. Un puesto digno de usted, con un buen pago —dijo.

—Es un honor —respondió Rudolph, y durante un segundo le dedicó una mirada de revancha a su esposa que, derrotada y aliviada en partes iguales, bajó la vista. Después él preguntó—: ¿Y cuál será mi función?

—Debe organizar la producción. La fábrica debe ponerse en funcionamiento cuanto antes.

Al día siguiente Rudolph se presentó en la fábrica que, hasta la llegada de los rusos, había pertenecido a un judío que ahora debía estar congelándose en Siberia con todos los traidores, burgueses y anticomunistas de los países conquistados por la Unión Soviética. Rudolph sabía que la fábrica producía finos sombreros de hongo, muy distintos a los abrigados sombreros de piel que usaban los rusos. Por eso los rusos habían decidido que allí se dedicarían a producir camisas.

La fábrica era enorme, y contaba con tres pisos a los que se accedía por escaleras y un montacargas, algo novedoso en la ciudad. Sus pabellones estaban desiertos, las máquinas detenidas en un reposo inquietante. Rudolph y los otros tres directores elegidos fueron presentados al comisionado soviético a quien le habían asignado la gerencia.

Cuando, esa noche, Rudolph regresó a su casa y le enseñó a su mujer el documento que certificaba el alto puesto al que había accedido, dijo:

—Yo sabía que los gansos servirían para algo.

El trabajo de Rudolph les permitió contar con el apoyo ciego de los rusos, pero también conservar esos ahorros que, años más tarde, les serían de gran ayuda. Para 1940 la fábrica había vuelto a producir. La corrupción de los rusos, que compartían con los directores las ganancias que obtenían vendiendo en el mercado negro las prendas que robaban a la misma fábrica, hizo que Rudolph no sólo sobreviviera, sino que también comenzara a progresar.

Tres meses más tarde, Rudolph le dijo Helena:

—¿Quieres trabajar?

—¿Con los rusos?

—Sí, con los camaradas que tanto nos han ayudado —la corrigió su marido.

—No lo sé.

—Necesito una supervisora de confianza que controle el trabajo de las costureras. Te darán los mismos papeles de identificación que a mí, serás bien vista por los camaradas y además ganarás un buen sueldo.

Helena puso los ojos en blanco. No había cambiado de opinión sobre los rusos, pero comprendía a la perfección los beneficios que traía el hecho de estar cerca de ellos. Además, estaba tan acostumbrada a trabajar que no soportaba vivir encerrada como un ama de casa. Al fin, sin atreverse a mirar a los ojos a su marido, quizá por vergüenza u orgullo, respondió:

—Acepto. Pero nunca me afiliaré al Partido Comunista.

—Tú te lo pierdes, camarada —dijo Rudolph con una sonrisa.

Cada vez más convencido de sus ideas comunistas, Rudolph ya trataba a sus nuevos camaradas de igual a igual. Así fue que una noche de 1941 uno de ellos, de apellido Gólubev, se presentó en el departamento de los Stier acompañado por una mujer rubia, rolliza, vestida con burdas ropas de campesina. Rudolph los hizo pasar. Los dos visitantes saludaron a Nusia y Fridzia, y las felicitaron al ver que estaban haciendo sus tareas escolares. El ruso parecía avergonzado, mientras que la mujer contemplaba la decoración con un asombro que se le notaba en el rostro.

—Camarada Stier, necesitamos su ayuda —dijo.

—Haré todo lo que pueda. ¿Qué necesita?

El ruso señaló a su mujer.

—Esta es Dasha, mi mujer. Acaba de llegar de Leningrado.

La mujer se volvió hacia Rudolph y alzó una mano.

—Hermosa casa y hermosas hijas —dijo, con los pocos dientes que tenía en la boca.

—Bienvenida a Polonia —dijo Rudolph.

—El caso es que... en la Unión no nos preocupamos por vestir a la moda. Pero aquí..., con estas ropas Dasha será mal vista. Como lo era yo antes de que usted me proveyera de sus finas camisas.

Gólubev guardó silencio. Rudolph notó su nerviosismo, y con

la amabilidad que lo caracterizaba intentó ayudarlo sin herir su orgullo.

—Espere aquí —dijo, y se marchó al cuarto.

Cuando regresó, Helena estaba junto a él.

—Mi mujer ayudará a su esposa. No se preocupe. Unas pocas ropas bastarán para hacerle justicia a su belleza.

Nusia miró a su padre, pero no se animó a contradecirlo. Helena, por su parte, dijo:

—Tengo algo que le servirá.

—Gracias, camarada —respondió Dasha.

Helena miró a su marido con fastidio, sin embargo le pidió a la mujer que la acompañara al cuarto.

—¿Quiere beber una copita de vodka mientras ellas se encargan de sus asuntos?

Cuando la mujer de Gólubev regresó traía uno de los finos trajes de Helena, compuesto por una falda entablada y chaqueta de color gris, con una blusa de seda blanca. Su elegancia contrastaba con sus movimientos toscos, y la risa exagerada, estruendosa, que soltó al decir:

—Parezco una burguesa.

—Felicidades —dijo Helena, aunque los rusos no comprendieron la ironía de sus palabras.

Gólubev vació su copa de un trago y se incorporó. Les estrechó la mano a Rudolph y Helena con agradecimiento. Incluso parecía emocionado por el milagro que ella había logrado con su esposa. Helena le tendió una valija con vestidos que ella ya no usaba.

—También pueden llevarse esto. Yo no lo necesito.

—Gracias, señora. Les debo un favor. Y yo sé cómo agradecer los favores.

Cuando la pareja se marchó, Helena soltó una carcajada.

—¿Has visto?

—Sí. Ya no parece una campesina.

—No, ahora parece una campesina disfrazada. Al menos recibiré un regalo por el intento.

Un mes más tarde, en marzo de 1941, cuando Rudolph y Nusia regresaban de ver una obra en el teatro de la ciudad, encontraron a Gólubev y su esposa en la sala de su propia casa. Tenían un enorme paquete envuelto en papel de regalo.

—Esto es en agradecimiento por el vestuario de mi mujer —dijo Gólubev.

—Ya les he dicho que no tendrían que haberse molestado —dijo Helena sólo por educación, porque en realidad creía que merecía un premio por haber transformado a aquella campesina llegada de Leningrado en la mujer tan bien vestida que ahora estaba frente a ella.

Se apuró en abrir el paquete, mientras los dos rusos la observaban esperando ver el gesto de sorpresa que le produciría el regalo. Helena no los defraudó: al abrir el paquete y descubrir que era el retrato de Stalin, su rostro no pudo contener la sorpresa. Claro que era una sorpresa distinta a la que esperaban los rusos. Sin embargo, Helena se contuvo y entre dientes murmuró un falso agradecimiento. Rudolph, en cambio, tomó el retrato entre sus manos con delicadeza, lo observó con detenimiento y soltó un suspiro emocionado.

—Gólubev, es el mejor regalo que podíamos recibir —dijo con sinceridad.

—Lo ha pintado uno de nuestros grandes artistas, especialmente para ustedes —dijo Gólubev con orgullo.

Rudolph se acercó a la pared más vistosa de la sala, retiró el cuadro que recreaba una escena de caza y en su lugar colocó el retrato de Stalin.

—Lo pondremos aquí, para que todos lo vean. ¿No es así, Helena?

—Por supuesto —dijo ella, sin poder creer lo que veían sus ojos.

6

Cuando su padre regresó de la fábrica, Nusia interrumpió los deberes de la escuela y corrió hacia la puerta. Rudolph la abrazó, le acarició los cabellos y le preguntó algo en ruso. Nusia fue extendiendo uno a uno los cinco dedos de la mano derecha para responderle a su padre.

—Excelente, camarada —dijo Rudolph con una sonrisa de orgullo.

Helena asomó el rostro detrás de ella para decir:

—Aquí somos familia, no camaradas —y regresó a su cuarto.

Cuando se quedaron solos, Rudolph le dijo a Nusia en voz baja:

—¿Y has aprendido algo más?

—Sé contar hasta cincuenta.

Rudolph aplaudió.

—Te mereces un premio.

—¿De verdad?

—Sí, nos iremos de vacaciones.

—¿Cuándo?

—Mañana.

—¿Con mamá y Fridzia?

—No, es un viaje sólo para camaradas —dijo Rudolph, señalando el retrato de Stalin que colgaba en la pared de la sala.

Al día siguiente se levantaron temprano. Helena ya le había ordenado a Mania que preparara una valija con la ropa que su marido y su hija necesitarían durante los días que pasarían fuera de la ciudad.

Desayunaron todos juntos. Luego, Nusia y Rudolph tomaron el equipaje y caminaron hasta la puerta.

—Cuídense —dijo su madre, mientras besaba a Nusia y abrazaba a su marido.

En la calle los esperaba un automóvil que la fábrica había puesto a disposición de los Stier. Se sentaron en el asiento trasero mientras el chofer guardaba el equipaje. Recorrieron la ciudad con las ventanillas bajas, disfrutando del aire perfumado que brotaba de los parques floridos de Lwow.

Al llegar a la estación de trenes, que había sido reconstruida luego de los bombardeos de 1939, Rudolph le entregó una propina al chofer. En el andén vieron un grupo de soldados con la estrella roja que esperaban el tren que los conduciría hacia el este, a las fronteras que rusos y alemanes habían trazado para repartirse las tierras de Polonia.

Veinte minutos después, el tren ingresó en la estación soltando una columna de humo y un chillido metálico que obligó a Nusia a taparse los oídos. De la locomotora bajó un hombre con el rostro y las ropas manchados de hollín. Mientras tosía, intentaba fumar un cigarrillo. Del primer vagón bajó otro hombre que, sin manchas y con una gorra de cuero, gritó el destino de la formación en ruso, polaco y ucraniano.

Rudolph tomó a Nusia de la mano y se acercaron a las escaleras de un vagón, mientras los soldados saludaban al maquinista y, a los gritos, preguntaban cuándo llegaría el tren que ellos esperaban.

A medida que recorrían los vagones en busca de sus respetivos lugares, Nusia pudo notar las miradas furtivas de las mujeres elegantes que observaban a su padre. Rudolph era guapo, pero sobre todo acaparaba la atención de hombres y mujeres por la seguridad que demostraban sus movimientos, por su gesto altivo y las finas ropas que decoraban su figura. Nusia no necesitaba tener más de doce años para saberlo, y a veces se preguntaba por qué un hombre tan guapo e inteligente había elegido a una mujer tan parca como su madre.

Cuando el tren arrancó, Nusia y Rudolph saludaron a los soldados a través de las ventanillas.

—¿Adónde vamos? —preguntó ella.

Su padre señaló los picos nevados de las montañas que, a lo lejos, se alzaban en el horizonte.

A medida que el tren se internaba en los campos rodeados de bosques, Nusia veía carros de campesinos cargados de paja, camiones militares, aviones y tropas rusas controlando los caminos y las redes ferroviarias. Aburrida, se dejó ganar por el sueño.

Se casaba con un príncipe húngaro como los que bailaban en los cuentos que contaba su abuela Hanna. Un hombre rico, hermoso, cariñoso. Como su padre. Su sueño se terminó con los gritos de los pasajeros.

—Llegamos, camarada —oyó que le decía su padre, y le besaba la frente.

Ella se frotó los ojos. El tren estaba detenido en una estación llamada Truskawiec. Tomaron su equipaje y descendieron por las escaleras. Allí los esperaban hombres vestidos con ropas de campesinos que ofrecían taxis y carruajes a los turistas que llegaban desde Polonia y Rusia.

Rudolph eligió un carruaje abierto tirado por dos caballos viejos de largas crines blancas. Por un momento, Nusia pensó que el sueño que había tenido en el tren continuaba.

Anduvieron durante unos minutos, hasta que al fin descubrieron el hotel en medio de un bosque. Al verlo, Nusia recordó los castillos que a veces aparecían en la escenografía del teatro. El edificio estaba rodeado de enormes jardines. Entre los rosales, efebos y ángeles de mármol blanco vertían agua dentro de fuentes de piedra. Camareras ataviadas con gorros de encaje y delantales blancos los recibieron en la puerta de entrada. Se registraron ante un polaco cuyo cabello parecía blanco de lo rubio que era. Luego subieron al primer piso, para dejar el equipaje en su habitación y refrescarse y cambiarse de ropa antes de la cena.

Truskawiec era famoso por las aguas termales curativas que brotaban de sus napas subterráneas. En el hotel, los turistas polacos y rusos bebían el agua servida en copas de cristal y conversaban sentados en finos sillones de mimbre, acodados sobre mesas de hierro forjado decoradas con manteles de lino. Mientras los adultos aliviaban sus dolencias con las aguas, los niños jugaban a las escondidas entre los rosales de enormes flores rojas que decoraban el jardín. Las rosas blancas, que antiguamente habían sido plantadas para formar los colores de la bandera polaca, habían sido reemplazadas por un único y enorme rosal, de color amarillo, que representaba la estrella soviética.

El silencio era absoluto, y sólo se quebraba con el murmullo del viento, el canto de los pájaros y las risas de los turistas. Por la noche, en la cena, Nusia se vistió con un vestido sin mangas de color rosa. Su padre eligió un traje blanco liviano. Tomados de la mano, bajaron hasta el restaurante del hotel y conversaron sobre la importancia de haber sido invadidos por los rusos y no por los alemanes. Nusia lo escuchaba con atención, aunque le costaba entender todo lo que su padre decía.

—Pero si nos han quitado a la institutriz, y la fábrica...

—Mira el lado bueno: ahora yo trabajo menos tiempo, y tú no tienes que estudiar en casa...

Nusia sonrió.

—¿Sabes? —dijo Rudolph señalando el salón del hotel, decorado al estilo de los reyes polacos—. Aquí se hospedó Napoleón en su marcha a Rusia. Algún día iremos allí.

Durante tres días, Nusia y Rudolph descansaron en aquel paraíso.

El cuarto día, Nusia se acercó a la mesa que su padre compartía con otros turistas y lo abrazó por detrás, sujetándole los brazos con fuerza. Los demás niños, que la esperaban a unos metros de la mesa, se quejaron. Su padre comenzó a sacudirse, como si tuviera miedo. Nusia y los otros niños rieron. Con los ojos cerrados, ella se dejó alzar por Rudolph, que le besó los párpados y luego volvió a liberarla para que regresara a sus juegos.

Nusia se alejó unos pasos de su padre y se cubrió los ojos con las manos mientras sus amigos corrían a esconderse. Debía contar hasta cuarenta..., pero antes de que llegara a completar la primera decena, oyó un rugido que hizo vibrar la tierra que pisaba.

Entonces todos comenzaron a gritar.

Cuando se descubrió los ojos, Nusia encontró los de su padre. Rudolph estaba pálido.

—¿Qué ocurre?

Su padre señaló el cielo diáfano de Galitzia.

Nusia vio un avión, luego otro, y otro, y muchos más que sobrevolaban el hotel a baja altura.

—Son alemanes.

Pronto, los jardines del hotel se convirtieron en un hormiguero con turistas polacos que alzaban sus copas al cielo festejando la llegada de los nazis, turistas y militares rusos que iban de un lado a otro con su equipaje buscando algún transporte que los llevara de regreso a Rusia, y judíos paralizados por el miedo.

Rápidamente, Rudolph tomó a Nusia de la mano y juntos se dirigieron a la recepción del hotel. Una de las camareras lloraba. Los comentarios de los empleados se oían en distintas lenguas pero daban un único mensaje. Los alemanes avanzaban desde el oeste. Los rusos se retiraban.

De inmediato, Rudolph envió un telegrama a la fábrica exigiendo que le mandaran el automóvil para poder regresar a Lwow cuanto antes.

Durante un día entero, Nusia y su padre pudieron ver los aviones de la Luftwaffe dejando caer sus bombas por los alrededores del hotel. Del auto de la fábrica no había noticias. Los rusos estaban demasiado ocupados con su propia salvación para ocuparse de los problemas de los judíos y de los polacos. Al fin, la mañana del sexto día, Rudolph dijo:

—Debemos regresar a Lwow como sea.

La estación de trenes parecía el fin del mundo. Soldados, oficiales y civiles rusos por todas partes, cargados de armamento y equipaje, con un gesto de terror en sus rostros, trepaban a los trenes y a los camiones, carros y automóviles para escapar del avance nazi. Para entonces los cazas de la Luftwaffe habían dejado de ser una amenaza para convertirse en cuervos destructores: las bombas caían del cielo incendiando los bosques que rodeaban las vías, matando gente y dejando una profunda confusión teñida de llamas y las cenizas.

—¿Los alemanes no son aliados de los rusos? —preguntó Nusia, confundida.

—Ya no.

Pasaron la noche en la estación de Truskawiec esperando un tren que los llevara hacia el oeste. Todas las formaciones que llegaban iban en dirección contraria. Los rusos habían dado prioridad al repliegue de sus tropas, y los vagones iban cargados de soviéticos que habían dejado de ser invasores para convertirse en invadidos. Los polacos, en silencio, disfrutaban de aquella ironía del destino.

Sentado a una mesa, un funcionario ofrecía pasaportes a aquellos polacos que quisieran escapar a Rusia con la condición de que, al llegar a la mayoría de edad, sus hijos se unieran al Ejército Rojo. Los polacos rechazaban la oferta, pues odiaban tanto a los rusos que preferían morir en manos de los alemanes. Los judíos, en cambio, aceptaban y se marchaban hacia un nuevo exilio.

En ese momento, un policía ruso se acercó para pedirles los papeles. Cuando Rudolph le entregó su documento, al ruso le cambió el gesto. Nusia se alegró de que el policía reconociera que su padre no era cualquier persona. Pero entonces el ruso comenzó a gritar, llamando a otros policías y dando indicaciones al soldado que lo acompañaba.

—¿Qué pasa? —preguntó Nusia.

—Han visto en el documento que hablo varios idiomas. Quieren llevarme con las tropas para hacer de intérprete.

De pronto, el soldado tomó a Nusia de la mano y comenzó a alejarla de su padre.

—¿Adónde me llevan? —gritó Nusia.

—A Rusia —dijo el soldado, sonriendo.

En polaco, Rudolph le gritó que no se preocupara.

El soldado la condujo hasta un ómnibus cargado de mujeres y niños que esperaban ser evacuados. Sentada allí, sola, Nusia trató de recordar las maravillas que su padre le había contado de la tierra comunista. Sin embargo, a su mente sólo acudían las desgracias que su madre había sufrido por culpa de los rusos. Cuando se quiso dar cuenta, estaba llorando. Pensó en su padre, quizá ya no volvería a verlo más. Ni a su hermana, ni a su madre.

Las puertas del ómnibus se cerraron. Cuando comenzó a andar, Nusia oyó que alguien gritaba. Al mirar por las ventanillas descubrió a su padre golpeando el ómnibus para que se detuviera. El chofer soltó un insulto y abrió las puertas. Nusia se incorporó. Su padre subió al ómnibus y le hizo señas para que bajara.

—Rápido —le dijo.

Bajaron y se alejaron de la estación. En el trasiego habían perdido el equipaje, por lo que podían caminar más rápido.

En el camino vieron a un grupo de polacos que cargaban cajas en un camión. Rudolph les preguntó adónde se dirigían. Iban hacia el norte. Les entregó un billete y ayudó a Nusia a subirse al camión.

Anduvieron durante unas horas por caminos maltrechos, cruzando tropas de soldados rusos que caminaban bajo los árboles para ocultarse de los bombarderos de la Luftwaffe. Cuando el camión se detuvo, los polacos los obligaron a bajar. El chofer les dijo que buscaran en una casa cercana a un tal Calman y le pagaran para que los llevase en auto a Drohobych, donde podrían tomar un tren hacia Lwow.

Así lo hicieron, y durante todo el viaje tuvieron que escuchar a Calman hablar del «servicio» que Hitler le prestaría a Europa al terminar con los judíos. Cuando alcanzaron la estación de Drohobych al fin pudieron bajarse del auto.

—Tengo sed —dijo Nusia.

Se acercaron a una casa y pidieron un poco de agua. Bebieron bastante, y se guardaron otro tanto en una botella que le compraron a la mujer que los había recibido. También compraron unos panes. Nadie, ni siquiera Rudolph, podía saber cuánto tardarían en llegar a su casa.

Por la estación de Drohobych sólo pasaban trenes cargados de militares. Los aviones alemanes cruzaban el cielo soltando sus bombas, y en las alas brillaban los refucilos de las balas de sus ametralladoras.

Al fin, al amanecer llegó una formación con tropas que se dirigían al norte a cubrir la retaguardia. Rudolph logró sobornar a un oficial y consiguió un sitio para él y otro para Nusia. Subieron al tren y se sentaron en medio de un batallón de rusos que miraban por las ventanillas con gesto sombrío. Ya no cantaban. Ya no reían. Sus rostros sólo mostraban gestos del espanto.

Nusia también sintió miedo al ver el paisaje que ahora mostraban las ventanas: los campos que habían sido perfectos ahora estaban destrozados por las bombas. Aquí y allá enormes cráteres abrían la tierra y dejaban montañas de escombros. Junto a las vías, Nusia pudo ver un grupo de soldados apostados cuerpo a tierra. Miró bien, tratando de descifrar la actitud de los soldados, y entonces comprendió que estaban muertos. Siguió viendo cadáveres durante todo el viaje, hasta que el tren se detuvo.

Entonces oyó a su padre gritar:

—Abajo.

Rudolph se lanzó sobre ella, obligándola a tumbarse en el suelo. Sólo entonces pudo oír el zumbido del avión que se acercaba. Los soldados comenzaron a bajar, apuntando con sus fusiles hacia el cielo.

Abandonaron la formación entre soldados que disparaban, tratando de derribar al avión que arrojaba sus bombas sin lograr acertarle a los vagones. Nusia corría tomada de la mano de su padre, sabiendo que él la protegería de todo eso que la rodeaba.

Se ocultaron detrás de un árbol. Nusia temblaba. Su padre la abrazó, y ella ocultó el rostro en su pecho. No quería ver lo que ocurría. Poco a poco, los disparos fueron cesando. Al fin, su padre le dijo que podía mirar y ella vio el avión que, alcanzado por un proyectil, se alejaba hacia el oeste dejando una estela de humo.

Los soldados se iban incorporando del suelo, ayudándose unos a otros. Los heridos gritaban. Otros continuaban con la rodilla hincada en la tierra y los fusiles apuntando en todas direcciones, con pánico.

Todos volvieron al tren. Las vías estaban bloqueadas por una barricada que seguramente habrían colocado los alemanes o quizá los polacos de la resistencia. Los soldados tardaron tres, diez, veinte horas en liberar el camino. Nusia ya no podía controlar el paso del tiempo: ni siquiera recordaba cuántos días llevaban fuera de casa.

Pensó en su madre, en Fridzia. Si los alemanes estaban bombardeando aquella zona alejada, no quería imaginar lo que estaría sucediendo en Lwow.

Al anochecer, el tren volvió a ponerse en marcha. A través de las ventanas, en el cielo oscuro veían pasar a los aviones que reconocían por sus luces rojas. A veces, hasta podían ver las explosiones en la negrura de los bosques, y las llamas que se alzaban hacia el cielo arrasando casas y establos. El sonido de las bombas era atronador, el tren vibraba y las ventanillas parecían a punto de quebrarse.

En dos ocasiones el tren se detuvo para permitir el paso de otros trenes que transportaban soldados hacia el oeste. El tiempo que permanecían detenidos, Nusia esperaba que una bomba cayera sobre ellos y terminara aquella historia. Pero su historia sólo estaba a punto de comenzar.

El tren alcanzó Lwow al amanecer. Poco a poco, empezaron a reconocer el paisaje. La ciudad parecía intacta. El tren se detuvo y ellos se lanzaron al andén. Durante unos pocos segundos recuperaron la calma, y comenzaron a caminar hacia su casa.

Nusia y Rudolph ya no hablaban. No tenían nada que decir. Tan sólo se aferraban uno al otro como si eso bastara para sobrevivir al desconcierto que inundaba las calles. Algunas casas habían sido destruidas por las bombas. Junto a ellos, se veían soldados rusos heridos que eran transportados en camillas, o en brazos de sus compañeros. La retirada de las tropas se realizaba de manera desordenada: los rusos huían en motocicleta, trenes, autos, camiones, incluso en bicicleta.

De pronto, Nusia dijo:

—Podríamos irnos todos a Rusia, camarada.

Su padre la miró con un gesto serio.

—Ya no somos camaradas.

El honor y el convencimiento de los comunistas se habían esfumado con el primer bombardeo, y ahora Rudolph comenzaba a aceptar su destino: la invasión nazi era inminente.

Helena y Fridzia los recibieron con gritos. Los cuatro se abrazaron, se besaron y volvieron a abrazarse.

—Creíamos que nunca volverían —dijo Helena.

—¿Qué sabes? —preguntó Rudolph.

—Han bombardeado el aeropuerto. Los aviones pasan todo el tiempo sobre la ciudad. ¿Qué haremos?

—Esperar —dijo Rudolph, mientras se acercaba a una ventana para contemplar las calles.

—¿Qué pasará? —preguntó Nusia.

—No lo sé —dijo su padre.

Diez días después de su regreso, el 30 de junio de 1941 Nusia y su familia vieron la entrada de las tropas alemanas a través de las ventanas de su casa. El desfile era tan majestuoso como aterrador: las tropas del ejército y las SS marchaban por Lwow cargando armamento, banderas y estandartes. Pero lo más preocupante no eran los alemanes, sino el ejército ucraniano que durante años había esperado en Polonia la oportunidad de regresar a Ucrania. Ahora marchaban detrás de los alemanes entonando a los gritos antiguas canciones de guerra, con su líder Stepán Bandera a la cabeza, vistiendo las ropas grises de las SS, con una bandera ucraniana en cada charretera. Los civiles ucranianos de Lwow, los únicos que se animaban a salir a la calle, los recibieron con aplausos y flores que arrojaban sobre los soldados para bendecir su regreso.

Rudolph se apartó de la ventana.

Fridzia lloraba. Nusia intentaba buscar la seguridad que siempre encontraba en los ojos de su padre, pero él estaba demasiado nervioso para tranquilizarla. Rudolph se acercó al retrato de Stalin que colgaba de una pared y se lo quedó mirando durante unos minutos, en silencio.

Finalmente lo quitó y con un cuchillo lo rasgó hasta destruirlo. Después lo arrojó dentro del incinerador. Al ver las llamas consumiendo los restos del retrato, Nusia supo que ya nada sería como antes.

7

Desde 1939, los polacos y los judíos que escapaban de los nazis habían traído con ellos relatos que nadie se atrevía a creer. Sin embargo, durante los primeros días de la ocupación alemana de 1941, en Lwow todos comprendieron que aquellas historias eran más terribles de lo que habían contado los desplazados.

Si en Varsovia y en Lodz la barbarie había ido manifestándose paulatinamente, en Lwow todo comenzó de repente: durante los tres primeros días de la ocupación nazi, los ucranianos y los alemanes asesinaron a más de cuatro mil judíos. En las calles el tiempo se había acelerado de repente, pero en la casa de los Stier se había detenido, congelado por un frío presentimiento que se confirmaba con los disparos que se oían afuera. Encerrados, racionando las pocas provisiones que tenían, Rudolph y Helena contemplaban con desesperación las corridas que se producían en la calle, y apartaban a sus hijas de las ventanas para que no vieran lo que estaba ocurriendo.

El departamento, que antiguamente había sido un ambiente de costureras, clientes, risas y largas conversaciones, ahora era una celda silenciosa donde nadie, ni siquiera Nusia, se animaba a hablar. La abuela Hanna lloraba en su cuarto, traicionada por los descendientes del príncipe de sus sueños. Helena caminaba por la casa, desesperada por tener noticias de su hermana Ruzia, que vivía al otro lado de la ciudad.

Rudolph también estaba inquieto. De a ratos, salía a las escaleras para conversar con los vecinos en busca de alguna información. Todos hablaban de lo mismo: los polacos se escondían y los ucranianos habían tomado el mando de la ciudad, persiguiendo a judíos y comunistas con la tenacidad de los perros de caza.

El 8 de julio, a través de un edicto, los judíos fueron obligados a llevar un brazalete con la estrella de David. Aquel día Rudolph y Helena le pidieron a Mania que, además de las provisiones, saliera a comprar brazaletes para todos. La muchacha sopesó el pedido durante algunos segundos. Últimamente se mostraba reacia a aceptar órdenes de sus patrones. Por las noches salía, y regresaba entrada la mañana. Helena la había visto contar billetes en su cuarto, y entrar con bolsas llenas de bebidas y chocolates. Había comenzado a maquillarse, y sus ropas ahora eran más ajustadas y atrevidas de lo que solían ser. Uno de los vecinos le había dicho a Rudolph que la había visto en un bar, abrazada a dos soldados ucranianos.

—Por favor, Mania. Los necesitamos —dijo Helena.

Mania sonrió, como si más que un pedido estuviera esperando una súplica. Tomó su cartera y se marchó. Cuando regresó, Rudolph se detuvo un largo rato contemplando los brazaletes blancos, con la estrella pintada en azul. Él, que nunca había sido un judío ortodoxo, que ni siquiera cumplía con la totalidad de los preceptos de su religión y en los últimos años incluso había rechazado a Dios y se había inclinado hacia el comunismo, ahora debía ir por la calle con un distintivo que lo condenaba.

Ese mismo día, Mala, la huérfana judía que había trabajado para Rudolph y Helena, se presentó en la casa para visitarlos. A pesar de su soledad, o tal vez a causa de ella, Mala había cruzado Lwow y se había enfrentado al peligro para saber qué había sido de sus protectores. A Helena, la valentía de la chica le dio una idea.

—Mala, ¿podrías acompañar a Nusia a casa de mi hermana? Quiero tener noticias de ella.

—Lo que usted diga, señora.

Nusia se alegró de poder salir a la calle. Ya no soportaba estar encerrada. Le hubiera gustado ir con su hermana, pero Fridzia estaba enferma y apenas si podía mantenerse en pie. Nusia abrió la puerta, pero antes de marcharse, su padre la retuvo.

—El brazalete.

—¿Debo usarlo?

Sin responder, Rudolph colocó uno en el brazo izquierdo de su hija. Luego la besó en la frente y le pidió que se cuidara.

La primera sensación que Nusia tuvo al salir a la calle fue que estaba en otra ciudad, distinta, opaca, aún más lúgubre debido a la luz sombría del atardecer. Tomadas de la mano, ella y Mala enfilaron por el camino que conducía al barrio judío. Mala se movía con paso ligero, con la vista en el suelo para no llamar la atención. Nusia, en cambio, no podía dejar de mirar las calles, las manchas de sangre en el pavimento y los soldados ucranianos y alemanes barriendo las calles con sus motocicletas. A veces, Mala tenía que tirar de ella para que siguiera andando.

A medio camino entre su casa y la de su tía, oyeron lo último que querían oír.

—Alto, judías.

Dos soldados ucranianos se acercaron y con los fusiles les apuntaron al pecho. Sin embargo Nusia no estaba nerviosa. Todo era tan irreal que ni siquiera notaba el peligro. Pero era evidente que estaban ahí, en medio de una ciudad ocupada, con los ucranianos que la señalaban y le pedían los documentos. Mala, que era unos años mayor, intervino para defenderla.

—Déjenla, por favor.

—Tú te puedes ir. Ella se queda con nosotros —le dijo uno de los ucranianos a la huérfana.

—Ven, judía, tienes que limpiar la oficina del comandante —dijo el otro.

—No soy judía —dijo Nusia.

Los soldados rieron.

—¿Y llevas eso sólo porque te gusta?

Nusia no dijo nada. Había olvidado que llevaba el brazalete.

—Ven. A limpiar.

—No, es muy pequeña —dijo Mala, llorando—: Déjenla, llévenme a mí. Limpio mejor que ella, barro lo que sea, pero déjenla ir.

Nusia la miró con furia. ¿Qué estaba haciendo? Si ella no tenía miedo, y además ya había cumplido once años… Al fin, los dos ucranianos apuntaron a Mala con el fusil, gritando:

—Entonces en marcha.

—Mala… —gritó Nusia, pero la chica ya se había alejado custodiada por los soldados.

De pronto, Nusia comprendió que Mala le había salvado la vida. Furiosa, asustada, se echó a correr. Al entrar, su madre le preguntó cómo estaban los tíos.

—No lo sé, no he podido llegar.

Les contó la escena de los soldados con los dientes apretados, haciendo esfuerzos para no llorar. Rudolph la abrazó, Helena comenzó a maldecir. Fridzia, desde el cuarto, soltó un gemido de terror. Nusia se quitó el brazalete y lo arrojó al piso.

Los ucranianos continuaron improvisando pogromos durante los días siguientes, mientras el mando alemán llegaba para ocupar la ciudad. El más terrible de todos se produjo «el día de Petliura», a finales de ese mismo mes. Bajo la atenta mirada de los nazis y de los polacos, cientos de ucranianos persiguieron, apalearon y fusilaron a dos mil judíos de Lwow.

La masacre fue tan descarnada que el vecino que trajo la noticia tuvo que interrumpir su relato para vomitar. No podía creer lo que había visto. Vecinos contra vecinos, una guerra absurda y despiadada. Sudaba, y en su rostro rollizo y pálido el espanto producía pliegues que le deformaban las facciones. Rudolph y Helena lo escucharon hasta el final. Mientras tanto, afuera se oían gritos de victoria y de terror, mezclados en un murmullo que se filtraba por las rendijas de las ventanas.

Helena ya no pudo soportar la incertidumbre de no saber qué había sido de su hermana. Días más tarde, reunió a sus hijas en la sala y les dijo:

—Tienen que ir a visitar a su tía. Por favor. Quiero saber si está bien.

—No, Helena..., iré yo —la interrumpió Rudolph.

—No digas estupideces. Te matarán como a todos los hombres judíos. Además, ya deben saber que simpatizabas con los rusos. Si te encuentran te fusilarán.

Las niñas los miraban en silencio, pero la frase de su madre había mostrado a Nusia una nueva dimensión del peligro. No estaba dispuesta a separarse de su padre.

—Iremos nosotras, sin el brazalete —dijo.

Quería saber qué había pasado con su prima, pero lo que más quería era poder ver lo que ocurría en las calles. Su curiosidad era mucho más fuerte que cualquier temor.

La tía Ruzia y su marido vivían en el barrio judío, lejos del centro, donde ellas vivían. Lo primero que le llamó la atención a Fridzia al salir fue que todas las tiendas estaban cerradas, tanto las judías como las católicas. En verdad la ciudad parecía desierta, salvo por los soldados que patrullaban las calles y detenían a los pocos peatones que se animaban a salir. La mayoría eran polacos; después de los pogromos de los primeros días, la única forma en que los judíos salían a la calle era cuando los soldados los capturaban en sus propias casas.

Hicieron el trayecto en silencio. Apenas si intercambiaban gestos, señalando con un breve gesto algún juguete perdido o un zapato abandonado en la calle.

Al llegar al barrio judío pudieron ver decenas de soldados ucranianos y alemanes ocupando las calles. Con una seguridad absurda, Nusia y Fridzia pasaron delante del batallón. Uno de los soldados les dijo algo que provocó la risa de los demás y a ellas las hizo ruborizarse.

El edificio de su tía tenía la puerta cerrada, y tuvieron que llamar al portero. El hombre, un judío delgado, gris, que las conocía bien, tenía cicatrices recientes en el rostro. Con amargura, el hombre les contó que unos niños ucranianos le habían afeitado la barba con un cuchillo a pedido de un soldado nazi.

Ellas subieron los escalones de dos en dos, buscando la seguridad de la casa y de sus familiares. Llamaron a la puerta de Ruzia, y durante unos segundos nadie respondió. Podían oír una respiración agitada dentro del departamento. Al fin, Fridzia susurró:

—Tía, somos nosotras. Abre.

La puerta se abrió para mostrarles la figura temblorosa de su tía. Al verlas, Ruzia comenzó a llorar. Las hizo entrar de inmediato, y las retuvo entre sus brazos, gimiendo. Eva salió de su cuarto y, mientras besaba a sus primas, dijo:

—¿Qué hacen aquí? ¿Por qué han salido a la calle?

—Mamá quería saber de ustedes —dijo Fridzia.

—¿Y el tío? ¿Y Sigmund?

Ruzia se dejó caer sobre una silla, en silencio. No lloraba, pero seguía gimiendo.

—Se los llevaron el día de Petliura —dijo Eva, acercándose a su madre.

—¿Quiénes? —preguntó Nusia.

—Los ucranianos. Entraron al edificio y se llevaron a todos los hombres —dijo Rudzia, con la cabeza apoyada en los brazos de Eva, que la sostenía por miedo a que fuera a desmayarse.

—Pero si hemos visto al portero... —dijo Fridzia, confundida.

—Fue él quien denunció que aquí vivían judíos —dijo Eva, y agregó—: entraron a las casas a los golpes, empujando a los hombres por las escaleras. Desde entonces no sabemos nada de ellos.

La tía Ruzia se incorporó y se acercó a las niñas para tomarles las manos.

—Rudolph quizá pueda averiguar dónde los tienen, él conoce a gente importante...

—Mamá, sólo debemos esperar —dijo Eva.

—No. Nusia, dile a tu padre que averigüe dónde están mi marido y mi hijo, sólo él puede ayudarnos.

—Está bien —dijo Nusia. Como su tía, ella también creía que su padre tenía un poder a prueba de nazis y pogromos.

Cuando el portero volvió a abrirles la puerta de la calle, Nusia y Fridzia ni siquiera lo saludaron. Lo miraron fijamente, con furia, pero el hombre bajó la mirada y regresó a la habitación que ocupaba con su esposa en el sótano del edificio.

Esta vez caminaron sin detenerse. El secuestro de sus familiares les había mostrado la verdadera proximidad del peligro.

Al llegar a su casa, le contaron a su madre lo que había ocurrido. De inmediato, Rudolph salió a la calle a buscar información. Era la primera vez que salía desde la llegada de los nazis. Nusia no se separó de los cristales de las ventanas hasta que lo vio regresar.

—¿Qué has averiguado? —preguntó Helena.

—Alguien me dijo que los han visto escondidos en el campo.

—Eso es bueno —dijo Helena.

—No. Otro dijo que están detenidos, en prisión. Todos mienten. Dicen cualquier cosa para ganar algo de dinero.

Esa noche Nusia se despertó asustada. Había tenido un sueño extraño del que no recordaba nada. Pero debía de haber sido una pesadilla, porque temblaba de miedo. Fridzia dormía profundamente. De la calle llegaba la rapsodia de gritos, insultos y disparos que habían traído los alemanes. Se levantó sin hacer ruido, para ir en busca de su padre. Al abrir la puerta, oyó su voz. Rudolph y Helena conversaban en la sala, tan desvelados como las últimas noches. Nusia se acercó sin dejarse ver. Mientras, su padre decía:

—Lo más probable es que los hayan asesinado. Me han dicho que los campos y los bosques están llenos de cadáveres.

—Nos matarán a todos —dijo su madre, llorando.

Nusia regresó a su cuarto. Se metió en la cama y se ocultó bajo la manta. Quería volver a dormir. Ninguna pesadilla podía ser peor que la realidad.

8

Durante los meses siguientes, las paredes de Lwow se llenaron de afiches con edictos que ordenaban a los judíos acatar las nuevas normas impuestas por los alemanes. Pronto, además de llevar la estrella de David, también fueron obligados a entregar el dinero, las joyas y los abrigos de piel a las SS para que estas los destinaran a los soldados que avanzaban hacia el interior de Galitzia, camino de Rusia.

El mismo día en que Helena y Rudolph leyeron el edicto, tomaron una decisión que llenó de asombro a sus propias hijas. Nusia y Fridzia estaban jugando en la sala cuando sus padres salieron del cuarto con los sombreros rusos, los abrigos de piel y las finas estolas de nutria que guardaban en sus roperos.

Cargados con las pieles y seguidos por las niñas, bajaron las escaleras hasta el sótano. Allí, abrieron la pesada puerta de hierro que cubría la boca del incinerador que calefaccionaba el edificio y contemplaron las llamas durante unos breves instantes.

Nusia, que ya había visto en las calles a los soldados cargados con los mismos objetos, preguntó:

—¿Los alemanes irán a Rusia con esta ropa?

—No —contestó su madre y, una a una, comenzó a arrojarlas al fuego.

Del incinerador brotó un resplandor amarillo y el repiqueteo de las llamas que consumían los forros sintéticos de los abrigos. Para entonces ya habían escondido el dinero y las joyas en un lugar secreto de la casa.

Días después, mientras desayunaban la poca comida que les quedaba de reserva, oyeron que alguien llamaba a la puerta. Rudolph y Helena se miraron, pero permanecieron sentados. Del pasillo les llegó una voz que, en alemán, gritaba:

—Abran, judíos.

Inmediatamente, a una orden silenciosa de su padre, Nusia y Fridzia corrieron a esconderse en la habitación. Rudolph y Helena se incorporaron y se acercaron a la puerta, tomados de la mano. Si estaba allí, la muerte los encontraría juntos como siempre.

Pero cuando la puerta se abrió, tres alemanes se lanzaron dentro de la casa sin prestarles atención. Miraban los muebles, abriendo puertas y cajones, como si buscaran algo en particular.

Rudolph y Helena los miraban en silencio. Al fin, uno de los soldados gritó:

—Aquí.

Estaba parado delante del mueble más suntuoso que poseían los Stier. Rudolph lo había comprado en una de las ferias de objetos modernos que cada año, hasta la llegada de los rusos, se había celebrado en Lwow con fabricantes y diseñadores de toda Europa. Construido en cedro, con patas y manijas de bronce, el bargueño contenía en su interior un pequeño refrigerador que los alemanes contemplaron con una sonrisa codiciosa. Entre los tres lo cargaron con todo lo que había en su interior, incluida una vajilla de plata sin estrenar que Helena estaba guardando para una mejor ocasión, que ya no llegaría nunca.

Desde la puerta, vencidos en su orgullo, vieron a los alemanes bajar las escaleras con el mueble a cuestas. Helena maldijo e insultó a los alemanes en voz baja. Después entró en casa y llamó a las niñas.

—Sigan a los alemanes. Si sabemos dónde guardan el mueble, cuando esto acabe podremos recuperarlo.

Nusia y Fridzia bajaron las escaleras a los saltos. Afuera vieron que los soldados habían cargado el bargueño en un carro tirado por un caballo. El contraste entre la ostentación del mueble y la fragilidad del carro parecía darle la razón a su madre: aquella locura no podía durar para siempre.

Con sigilo, las niñas siguieron la marcha del carro desde una distancia prudente, hasta que los soldados se detuvieron frente a un edificio que lucía banderas alemanas. Del interior salieron otros soldados, y entre todos descargaron el bargueño y lo entraron. Nusia se detuvo a ver las ventanas, como si quisiera adivinar en cuál de los pisos estaría el oficial que desde ahora disfrutaría las bebidas frías que mágicamente salían de aquel mueble.

En su casa, sus padres ni siquiera prestaron atención a lo que ellas decían. Más que por la dirección donde lo habían dejado, Rudolph y Helena estaban intrigados por descubrir quién les habría contado a los alemanes que ahí estaba aquel mueble.

—¿Tú crees? —dijo Helena.

—Es más alemana que los nazis. Ella nos ha denunciado —dijo Rudolph.

—Maldita Edwarda —dijo Helena.

—No podemos volver a verla. Si ha denunciado el mueble, no tardará en entregarnos también a nosotros.

—¿Ha sido tu prima, papá? —preguntó Fridzia, con asombro.

Su padre no respondió, pero las niñas ya habían comprendido lo que pasaba. El portero de Ruzia no era el único delator de Polonia.

Para facilitar la organización de la población judía sin tener que mezclarse con ella, los alemanes permitieron la creación de un consejo judío. La Judenrat servía a los intereses de los alemanes y ofrecía a quienes entraban en sus filas algunos privilegios que eran condenados y envidiados por el resto de los judíos. Ahora era la Judenrat la que requisaba las viviendas a pedido de los alemanes en busca de dinero, joyas y pieles. Así, una tarde, llegaron al edificio de los Stier. Los gritos que estallaron en las escaleras los previnieron de que algo pasaba. Cuando llamaron a la puerta, Rudolph abrió sin oponerse. Afuera había tres judíos completamente afeitados, armados con palos y con la insignia que los acreditaba como miembros de la Judenrat.

—En marcha. Serán deportados a un campo de trabajo —dijo uno de ellos.

Rudolph guardó silencio, aceptando su propio destino. Sin embargo, Helena dio un paso adelante y gritó:

—Perros, ¿qué hacen aquí?

—Vamos —ordenó uno de los visitantes.

—No iremos a ninguna parte. Yo no voy a morir. Largo de aquí. Vayan a trabajar ustedes, traidores —dijo cerrando la puerta.

Los tres judíos palidecieron al oír aquella palabra. Asustados, como si en el fondo sintieran vergüenza de lo que estaban haciendo, retrocedieron y buscaron a otros judíos en el departamento de enfrente, donde vivía una mujer con una hermosa niña de largos cabellos trenzados, que tenía la edad de Nusia.

A través de la mirilla, Helena vio que los tres judíos forzaban la puerta y entraban al departamento. Se oyeron gritos, golpes, y al fin los tres hombres salieron empujando a la niña escaleras abajo. Después, sólo se oyó el silencio.

Lentamente, casi sin darse cuenta, Helena abrió la puerta y se acercó a la otra, esa que los hombres habían forzado. Dentro, tendida en el suelo, con una herida en la sien, estaba la madre de la niña deportada. La Judenrat la había sorprendido mientras peinaba los cabellos de su hija. Con el cepillo aún en la mano y un gesto ausente en el rostro, al ver a Helena la mujer preguntó:

—¿Quién la peinará ahora?

El siguiente edicto instó a todos los judíos a mudarse al barrio judío antes del 15 de noviembre. En Lwow todos comprendieron la gravedad práctica de aquella orden: si los judíos eran un tercio de los habitantes, sin contar a los miles que habían llegado desde el oeste y el centro de Polonia y Europa, ¿cómo harían para vivir todos juntos en un barrio tan pequeño?

Ubicado en pleno centro de la ciudad, y por lo tanto de la zona aria, el edificio en el que vivían los Stier estaba habitado sólo por judíos que ahora bajaban valijas, arcones e incluso un piano, por las escaleras.

Hasta la abuela Hanna estaba empacando sus cosas para mudarse a casa de su hija. Se marchó junto con otros vecinos, después de despedirse de sus nietas. Incluso su hijo y su nuera sintieron su partida, y la abrazaron dejando de lado la indiferencia con que la habían tratado siempre.

Rudolph y Helena habían decidido mudarse a casa de Ruzia. Sin embargo, se demoraban en hacer la mudanza. Rudolph había visto en la calle cómo los ucranianos y las SS saqueaban a los desplazados y los despojaban de todo. Algunos habían sido asesinados sólo por diversión. Rudolph y Helena conversaron hasta tarde.

Al día siguiente, cuando las niñas se despertaron, le pidieron a Nusia que se sentara a la mesa. Tenían algo importante que decirle:

—Tú harás la mudanza. Tienes el cabello castaño claro, hablas ucraniano… nadie va a desconfiar de ti.

Nusia asintió. Algo extraño, como una valentía irracional, la movía a desafiar todos los peligros. Ese día sus padres llenaron un par de valijas con la ropa de ella y Fridzia y la acompañaron hasta la puerta. Antes de marcharse, abrazó a sus padres y les prometió volver lo antes posible.

Subida a un tranvía, Nusia recorrió Lwow abrazada a sus maletas. La ciudad parecía un hormiguero que hubiera sido atacado por una bestia: por las calles y las veredas, hombres, mujeres, niños y ancianos caminaban arrastrando carretillas, carros y bicicletas cargados de enseres. La mayoría iban vestidos con ropas finas que denotaban su buena posición, y eso hacía más absurda la escena. Otros arrastraban sus ropas gastadas mirando con asombro a aquellos que hasta ese momento habían vivido la buena vida y ahora estaban tan desesperados como ellos. Todos se movían con incomodidad, casi con vergüenza. Algunos ni siquiera conocían el barrio judío al que se dirigían y pedían indicaciones para poder cumplir con su exilio.

En un momento, Nusia sintió que alguien le tocaba el hombro.

Apartó la vista de las ventanas del tranvía para ver a un oficial ucraniano que estaba parado delante de ella y le exigía documentos.

—¿Qué llevas ahí? —preguntó el soldado.

—Ropa. Se la he robado a unos judíos y ahora es mía —contestó Nusia, en ucraniano, con una voz altanera que no daba lugar a la desconfianza.

El soldado le dedicó una sonrisa orgullosa y continuó interrogando a los demás pasajeros.

Al llegar a casa de su tía, Nusia dejó las valijas y le anunció a Ruzia que todos se mudarían al día siguiente pero que ella pasaría el día yendo y viniendo hasta completar la mudanza.

Así lo hizo. Al anochecer, luego de dejar la última valija, regresó a su casa y se tendió en un sillón de la sala. Le dolían los pies de caminar y los ojos de ver tanta desolación. Aquella noche los Stier cenaron en silencio. Todos sentían profundamente la pérdida de esa casa que Rudolph y Helena alquilaban desde que se habían casado. Allí habían nacido Nusia y Fridzia. Allí habían montado el taller. Y ahora no tenían nada.

Desde la cocina llegaba un rumor de voces. Mania estaba bebiendo licor y conversaba con una amiga. La polaca ya no se molestaba en ocultar su desprecio. En un momento, las risas fueron tan sonoras que Helena decidió intervenir.

—Mania —gritó.

La muchacha tardó varios minutos en presentarse.

—¿De qué te ríes? —preguntó Rudolph.

—Cosas de mujeres —respondió la polaca.

—Nos marcharemos mañana. Si quieres, te puedes quedar aquí —dijo Rudolph.

—Me quedaré.

Mania se detuvo a observar a Fridzia. Por entonces la niña contaba con trece años y su cuerpo había comenzado a desarrollarse. Tenía el cabello castaño, la piel blanca y unos ojos negros vivaces que llamaban la atención de hombres y mujeres. Mania se acercó a ella y le acarició el cabello. Después se dirigió a Helena diciendo:

—Fridzia se puede quedar aquí. Yo la cuidaré. Ya es una mujer bella, y podría ganar dinero…

Rudolph y Helena la miraron con sorpresa.

—Fridzia vendrá con nosotros —dijo Helena.

Esa noche ninguno de los cuatro pudo dormir.

La estrategia establecida por Rudolph era que viajaran separados. Así, en caso de que alguno fuera detenido, los demás no correrían la misma suerte. Al amanecer, cuando oyeron los primeros sonidos del día, uno a uno se fueron marchando de la casa. La última en partir fue Helena. Sentada en su sillón preferido, podía oír a Mania mudándose de la habitación de servicio al cuarto principal, ese que hasta entonces habían ocupado ella y su marido. ¿Quién podía culparla? Todos en Polonia estaban actuando por instinto: hacían lo que fuera para sobrevivir. Así lo habían hecho siempre. Siglo tras siglo. Invasión tras invasión.

Sin embargo, Helena se negaba a caer de nuevo en las garras de la historia. Recordaba su marcha de Stanislawow, en la Primera Guerra Mundial, escapando de los rusos. Ahora eran los alemanes quienes la obligaban a partir. Europa era algo impredecible, y más para los judíos como ella.

Al fin, se incorporó y revisó que cada una de las ventanas estuviera cerrada. Desde la puerta, le dedicó una última mirada al departamento y se marchó, sin siquiera despedirse de Mania.

Esa noche, la del 14 de noviembre de 1941, nació el gueto de Lwow. No tenía muros ni alambradas que lo cercaran, sólo patrullas armadas que controlaban a la población. Y sin embargo, los ciento quince mil judíos que desde aquel día se establecieron allí no pensaron en rebelarse, ni pelear por su dignidad. Simplemente se acostaron, agotados, con la ilusión de que ahora los alemanes y los ucranianos se conformaran con verlos hacinados, desposeídos y asustados, y les permitieran continuar con su vida.

9

Durante los primeros días en casa de Ruzia, el gueto fue un hervidero de gente que buscaba comida y trabajo. Los Stier, en cambio, permanecieron encerrados sin salir a la calle. Las pocas noticias que tenían del mundo exterior se las daba Abraham, el novio de Eva, que era hijo de un militar judío polaco y, gracias a los contactos de su padre, había logrado entrar a la universidad. Moreno de ojos oscuros, Abraham representaba el modelo de judío que los nazis condenaban. Sin embargo, él se las ingeniaba para escurrirse entre las calles sin ser detenido y visitar a su novia.

Por lo que contaba, afuera los ucranianos continuaban haciendo razias con una obsesiva dedicación. Habían pasado más de seis meses de la llegada de los alemanes, y las clases continuaban interrumpidas en las escuelas y las universidades, las fábricas clausuradas y los hospitales llenos de heridos.

Todos en Lwow estaban abatidos en su moral, pero ahora también comenzaban a perder fuerzas físicas. Sin dinero y con las tiendas cerradas, era difícil conseguir comida. Incluso los Stier necesitaban volver al trabajo si no querían gastar sus últimos ahorros.

Los primeros días de 1942, una mañana helada en que la nieve parecía aplastar la ciudad y a sus habitantes, una de las vecinas de

Ruzia dijo que la fábrica donde Rudolph y Helena habían trabajado para los rusos había vuelto a abrir sus puertas y pronto retomaría la producción. Helena decidió presentarse a reclamar su anterior puesto de trabajo.

—Si descubren que eres mi esposa, te matarán —dijo Rudolph.

—Pero necesitamos dinero, ¿no? —dijo Helena.

Rudolph calló.

—Si no conseguimos dinero tarde o temprano moriremos de hambre.

Helena se despidió de su familia como si nunca más fuera a verlos, y se marchó a la fábrica. Las horas que estuvo ausente transcurrieron lentamente. Rudolph, sentado en una silla, con los codos sobre la mesa y la cabeza entre las manos, no quitó la vista de la puerta en todo el día. De a ratos, Nusia se acercaba a él e intentaba abrazarlo, conversar. Pero su padre apenas si le respondía, estaba ausente. Sólo pensaba en su mujer.

Al anochecer Helena regresó y todos se tranquilizaron.

—La fábrica está en manos de un *volksdeutsche*, un polaco de origen alemán, y han contratado a la mayoría de los empleados que trabajaban con nosotros —dijo.

—¿Y a ti? —preguntó Rudolph.

—He recuperado mi puesto de supervisora. Hasta me han dado documentos que lo certifican. Ya nadie va a molestarme con estos papeles —dijo ella mostrando la nueva cartilla de identidad.

Rudolph la abrazó.

—Me alegro mucho.

—Tú también deberías presentarte. Los alemanes no saben qué hacer con la fábrica. Faltan directores capaces, como tú.

En sus palabras había algo de súplica. Sin embargo, Rudolph

mantuvo su posición. En la fábrica todos sabían lo cercano que había sido a los rusos. Cualquier rumor, cualquier comentario, podía condenarlo a muerte. Pero necesitaba trabajar.

Así, durante una de las visitas de Abraham, preguntó si su padre podría conseguirle un puesto de sastre en alguno de los cuarteles. Pocos días más tarde, Rudolph entró a trabajar en la ropería de un regimiento alemán. Sus conocimientos textiles habían servido de carta de presentación, pero aún más su habilidad para hablar tantos idiomas. Si bien estaba sobrecalificado para el puesto que tenía, Rudolph agradecía poder lustrar las botas de los alemanes y remendar sus uniformes porque el trabajo le proporcionaba algo de dinero y, lo más importante, una identificación que podía salvarlo de cualquier razia.

De regreso del trabajo, un día Helena le contó que los alemanes estaban rastreando a los cuatro anteriores directores de la fábrica. Rudolph se puso pálido.

—Lo saben. Me matarán.

—No, Rudolph, te necesitan.

—¿Qué haré?

—Presentarte. Mañana irás conmigo.

La mañana en que Rudolph regresó a la fábrica sus hijas lo despidieron con miedo. Pero todo ocurrió como lo había anunciado Helena: los alemanes estaban más preocupados por reactivar la producción que por vengarse de los que simpatizaban con los rusos. Rudolph y los otros directores se presentaron ante el interventor y fueron bienvenidos. Retomaron sus puestos y recibieron documentos que los acreditaban como los directores que eran. La guerra había cambiado las prioridades de todos, no sólo de los judíos. Desesperados por sostener su maquinaria de guerra, los alemanes encargaron a los directores que dividieran la producción: en un piso se confeccionarían uniformes de la Gestapo, en otro camisas, y en el tercero, escondido de la vista de todos para ocultar la fragilidad de sus tropas, se repararían los uniformes de los alemanes caídos en el campo de batalla para que fueran utilizados por otros soldados.

La función de Rudolph era contratar empleados, supervisarlos y responder por ellos ante el interventor. En aquella época, cuando el solo hecho de tener un trabajo y una acreditación podía salvar la vida de cualquiera, el puesto de Rudolph tomó un importante valor. Lo primero que hizo fue contratar a Ruzia y Eva, de modo que tuvieran certificados de trabajo que les reportaran ingresos y les dieran la posibilidad de moverse por la ciudad sin ser detenidas. Rudolph incluso llegó a fraguar un permiso para Fridzia, que era menor.

Con toda la familia trabajando en la fábrica, ella y Nusia pasaban los días en soledad, encerradas en casa, con la orden de no abrir la puerta a nadie salvo a Abraham. Pocas veces conversaban sobre lo que estaba ocurriendo. Fridzia ordenaba la casa mientras Nusia miraba por las ventanas buscando algo con que entretenerse.

Así como lo había hecho con los rusos, Rudolph no tardó en seducir a los alemanes que pasaban por la fábrica. Habían transcurrido dos años desde la ocupación de Austria, y desde entonces los alemanes se habían entregado a la vida militar. Pero ahora comenzaban a hartarse del esfuerzo y querían disfrutar de la victoria. Rudolph podía notarlo en el olor a alcohol que despedían, en las mujeres que los acompañaban y en la corrupción que se respiraba. Ansiosos de recuperar la vida civil y disfrutar de los placeres de la ocupación, los alemanes quedaron deslumbrados con las ropas que Rudolph había escondido de los rusos y que ahora les ofrecía a ellos. Uno a uno, fueron comprando camisas, piyamas, sacos y pantalones que pagaban con comida. Nadie lo maltrataba, todos confiaban en él. Sin embargo, eso tampoco lo tranquilizaba: cada día, cuando iba o regresaba del trabajo, se preocupaba en llevar envuelto en una funda uno de los uniformes de la Gestapo que producía la fábrica, listo para ser presentado ante cualquier soldado que intentase detenerlo.

Era el mes de marzo de 1942. La Solución Final comenzaba a ponerse en práctica. En el último mes, los judíos capturados por la Judenrat fueron deportados por los alemanes hacia el campo de Belzec, donde los exterminaban de una manera que los sobrevivientes se negaban a creer. Era imposible que los estuvieran matando así, gaseados y quemados en hornos inmensos que consumían sus cuerpos sin dejar rastro.

Pronto, Rudolph y Helena comprendieron que sus hijas corrían peligro porque no tenían edad para trabajar. Debían sacarlas del gueto cuanto antes.

10

Con la primavera de 1942, los campos de Polonia se llenaron de flores. Nusia pudo verlo con sus propios ojos. Hacía más de un año que no salía de la ciudad, y sin embargo no podía disfrutar del paisaje. Sentada en un vagón de tren, miraba a través de las ventanas como si tuviera un velo sobre los ojos. Miraba sin ver, con la mente azorada por la despedida de sus padres. Iba camino de un pequeño pueblo a ciento cincuenta kilómetros de Lwow, acompañada por una ucraniana. Al despedirse, Rudolph y Helena le habían dicho una y mil veces que la obedeciera en todo. La mujer, rubia de ojos claros, era maestra en Lwow y había aceptado esconder a la niña en casa de su hermano a cambio de dinero. Ahora, sentada junto a Nusia, no dejaba de darle consejos que ella se resistía a escuchar:

—Nunca hables de más. Y si hablas, ten cuidado. Es mejor que estés callada, porque por más que sepas hablar ucraniano, puedes cometer un error, puedes decir algo que te comprometa, alguien puede notar que tu acento es malo y descubrir tu verdadera identidad.

Nusia tenía los ojos clavados en la ventana, y como el paisaje, sus pensamientos eran manchas borrosas que pasaban a toda velocidad.

—Escúchame, si quieres vivir. Reza, reza mucho tus oraciones católicas. Debes ser como un fantasma, transparente, nadie tiene que fijarse en ti. Si te descubren, te matarán a ti, a mí y al pobre de mi hermano.

Y su hermano las esperaba en la estación. Al ver a Nusia, el hombre le tendió unos documentos.

—Ahora te llamas Stanislawa Jendrus. Eres ucraniana y católica. Les diremos a todos que eres ahijada mía.

Nusia asintió. La mujer ucraniana la abrazó con una familiaridad sorpresiva. Al oído, le susurró lo mismo de antes:

—No hables. Reza. Pasa desapercibida.

Luego le entregó un sobre con dinero a su hermano y se marchó en el mismo tren que las había llevado hasta allí.

Cuando se quedaron solos, el hombre ayudó a Nusia a cargar su equipaje a un carro tirado por un caballo famélico, cubierto por mil pliegues de una piel color café. En el camino, le fue hablando lentamente, subrayando la pronunciación de las palabras ucranianas para que Nusia incorporara el acento.

—Iremos a mi casa. Le diremos a mi mujer que eres mi ahijada. Ni ella ni mis hijos deben saber quién eres. Si alguien te descubre, te deportarán y podrían matarme. Sé de muchos que han muerto por ayudar a los judíos. Recuerda: te llamas Stanislawa.

—Stanislawa —repitió Nusia una, dos, tres, mil veces, hasta que el nombre, su nombre, se convirtió en una palabra vacía, apenas un sonido.

El ucraniano vivía en medio del campo. Al llegar, bajaron las valijas mientras los cinco hijos del hombre jugaban en el pasto como cachorros salvajes. A pocos metros, en un corral minúsculo sembrado de pastizales ocres, su mujer ordeñaba una vaca tan escuálida como el caballo. Era evidente que la presencia de Nusia la incomodaba o le generaba pensamientos oscuros que se adivinaban en su rostro severo.

El hombre reunió a la familia junto al carro y dijo:

—Ella es mi ahijada Stanislawa. Vivirá con nosotros durante un tiempo.

La condujo hasta el interior de la pequeña casa de madera. Era la casa más pobre en la que Nusia había estado hasta ese momento. La mujer abandonó sus tareas y los siguió mientras los niños regresaban a sus juegos.

Dentro, el hombre señaló la cama de paja donde Nusia dormiría cuando las chinches y las pulgas se lo permitiesen. Cuando abrió las maletas, la mujer tomó una de sus prendas y acarició la tela con asombro.

—Qué ropas más finas... ¿de dónde las has sacado? —preguntó.

—Eran de unos judíos. Pero las he robado y ahora son mías —respondió Nusia con naturalidad.

—Te felicito —dijo la mujer.

Cada día, Nusia se marchaba con el hombre y sus hijos hacia la escuela donde él daba clase a los niños que vivían en los alrededores. Mientras ella ocupaba un asiento en el aula, los pequeños jugaban fuera, tendiéndose en el pasto, saltado entre los cercos, persiguiendo pájaros y mariposas. Eran como animales, ángeles vacíos de toda inteligencia y toda maldad.

Cuando, en el aula, alguno de sus compañeros le pedía algo o le hacía alguna pregunta, ella respondía con señas y monosílabos, fingiendo timidez. En todo momento se preocupaba por seguir los consejos de la ucraniana. Mientras tanto, iba aprendiendo la literatura, la historia y la lengua ucranianas para darle más definición al disfraz de Stanislawa Jendrus.

En casa del maestro tampoco hablaba. Había días en los que ni siquiera oía su propia voz. El hombre y su mujer la trataban como a una hija más. Compartían su comida con ella, le prestaban cuidados y se preocupaban porque no le faltase nada de lo poco que ellos podían darle. Sin embargo, la mujer del hombre a veces le hacía preguntas con una dureza campesina, y citaba las mismas palabras de Nusia buscando sorprenderla en algún error.

Los sábados, cuando el maestro no trabajaba, le pedía a Nusia que lo acompañara y juntos se internaban en el campo hasta asegurarse de que nadie los viera. Lo primero que hacían era persignarse. Y aunque Nusia no sabía quiénes eran el Padre, el Hijo ni el Espíritu Santo, trazaba sobre su rostro y su torso una perfecta cruz. Después el hombre retiraba de un bolsillo algunas estampas de color: de un lado, se veía la imagen de la Virgen, Cristo o algún santo, y, al reverso, una oración católica. En aquellos bosques aprendió a recitar el avemaría, el padrenuestro y tantas plegarias que no comprendía pero que se esforzaba en memorizar.

El hombre nunca le preguntaba por su anterior vida, como si temiera que al conocer su historia él quedara en una situación de mayor complicidad. Sin embargo la trataba con afecto, y le daba consejos sobre cómo hablar, cómo saludar y hasta cómo insultar cuando algo no le gustaba.

Pasaban varias horas practicando plegarias hasta que regresaban otra vez a la casa. Entonces almorzaban y luego todos se subían al carro. Aunque viviesen al borde de la pobreza, el maestro se preocupaba porque él y su familia tuvieran contacto con la realidad cultural del país. Cada fin de semana iban al teatro de una ciudad cercana para presenciar las obras donde siempre se hablaba en ucraniano y se desarrollaban temas de aquella nación de exiliados que, lentamente, gracias al apoyo que les brindaban a los nazis, exigía venganza tras los años de ocupación rusa.

Todo marchó bien durante los tres primeros meses. Hasta que un día, cuando Nusia y el maestro regresaban del campo, su mujer los recibió con un ataque de nervios.

—Desgraciado. No me mientas. Stanislawa es tu hija. ¿Con quién la has tenido? —gritaba la mujer.

Nusia y el hombre se miraron. Ella sabía que había que seguir mintiendo. Por eso el hombre insistía:

—No digas estupideces. Stanislawa es mi ahijada. Es hija de un amigo mío de Lwow.

—Mientes.

—Lo juro.

—Entonces, que regrese a su casa.

—No, no puedo echarla...

—Porque es tu hija, porque es una bastarda.

La discusión continuó durante todo el día. Nusia temía lo que pudiera ocurrir. Quizá la mujer decidiera entregarla a los ucranianos o a los alemanes. No podían decirle la verdad, pero tampoco podían alimentar su desconfianza. Al fin, la mujer dijo:

—Si no es tu hija, que se marche.

—Se marchará —dijo el maestro, derrotado.

Nusia se puso pálida. ¿Qué haría ahora? ¿La entregarían a los alemanes? ¿El hombre la abandonaría en la estación de tren?

Ese mismo día, el hombre ayudó a Nusia a hacer el equipaje. Ella se sentía avergonzada por no haber podido cumplir lo que les había prometido a sus padres. Había seguido las instrucciones al pie de la letra: no hablaba, rezaba, pasaba desapercibida... y sin embargo eso no había bastado para mantenerse a salvo.

Se marcharon de la casa sin despedirse de los niños ni de la mujer. En la estación, un pequeño destacamento de la Gestapo controlaba a los pasajeros que esperaban en el andén. Durante unos segundos Nusia esperó que la detuvieran y la deportaran como a tantos otros.

Pero el maestro la tomó de la mano y saludó a los oficiales sin mostrar nerviosismo. Cuando llegó el tren, se subieron y ocuparon unos asientos junto a la ventana. Durante el viaje, el maestro la obligó a repetir cada una de las plegarias y oraciones que le había enseñado.

—Muy bien, Stanislawa. No olvides ni una sola palabra. Sólo así podrás sobrevivir a esta locura —le decía el hombre, tomándole la mano, buscando aplacar su propia vergüenza y los temores de la niña.

Al llegar a Lwow, se dirigieron a casa de la hermana del maestro. La mujer se sorprendió al verlos. Cuando el hombre le contó lo que había ocurrido, la mujer soltó un insulto.

—Te has casado con una idiota. Ahora tú no ganarás dinero y esta niña corre peligro.

—Le he enseñado todo. Es inteligente. Pero su acento es malo. Si se calla, logrará sobrevivir —dijo el hombre, acariciando los cabellos de Nusia.

Antes de despedirse, el maestro le entregó a su hermana los papeles que acreditaban la nueva identidad de Nusia. Después retiró una estampa de la Virgen y se la entregó a ella.

—Cuídate, Stanislawa. Reza, calla, debes sobrevivir.

Cuando el hombre se marchó, Nusia le preguntó a la maestra, en ucraniano:

—¿Qué ha sido de mi padre?

—Ya lo verás.

Inmediatamente, la ucraniana la condujo a la fábrica. Mientras atravesaban la ciudad, Nusia se dio cuenta de que las calles habían cambiado. Si bien la fábrica estaba ubicada en la parte aria de Lwow, allí también se podía comprobar que los pesares de la guerra se habían agravado en los meses en que ella había estado ausente. Grupos de hombres desocupados se reunían en las esquinas y miraban a la gente que pasaba con la vista fija e interesada, como si fueran a arrojarse sobre ellos para robarle sus pertenencias. Soldados alemanes y ucranianos patrullaban las calles mientras un batallón de las SS subía a los camiones de la caravana que los llevaría al frente ruso.

Mientras caminaban, la ucraniana seguía repitiendo su rosario de recomendaciones:

—Reza, habla poco, que nadie se fije en ti.

Lo decía con tanta insistencia que parecía estar repitiéndoselo ella misma. Nusia había dejado de prestarle atención, estaba feliz de reencontrarse con su padre.

En la puerta de la fábrica las detuvo el soldado alemán que controlaba la entrada y la salida de los empleados. El hombre les pidió papeles de trabajo, y a la ucraniana se le quebró la voz cuando dijo que no los tenía. Pero con sólo nombrar a Rudolph Stier lograron que el soldado dejase de molestarlas. Al parecer, su padre seguía conservando el poder y la autoridad que Nusia tanto admiraba. Cuando lo vio aparecer, se lanzó en sus brazos. Él la besó en las mejillas, en los ojos, mientras le dedicaba una mirada llena de furia a la ucraniana.

—¿Qué hace aquí? Habíamos quedado que...

—Cumpliré mi palabra, señor Stier —lo interrumpió la mujer—: Ya no puede permanecer en casa de mi hermano, pero le he conseguido papeles y pronto hallaré un nuevo escondite para ella.

—Júrelo.

—Pronto tendrá noticias mías.

La ucraniana besó a Nusia y, en ucraniano, le dijo:

—Acuérdate de rezar, Stanislawa —y se marchó.

En ese mismo momento, desde una de las esquinas de la fábrica se alzó el estruendo de un disparo. El soldado alemán cargó su fusil y lo empuñó apuntando a ambos lados de la calle. Entonces sonaron otros dos disparos, y una explosión. Nusia vio una columna de humo negro que se elevaba sobre las casas de la zona aria. A continuación, un destacamento de soldados ucranianos pasó delante de la puerta cantando una de sus canciones de guerra.

Asustado, Rudolph le entregó un billete al alemán para comprar su silencio y llevó a su hija hacia el interior de la fábrica. Entre los empleados ya corría la noticia de que los ucranianos estaban realizando una enorme acción dentro del gueto. Una ucraniana rolliza, que llevaba el cabello atado en dos largas trenzas que le daban un aire de campesina de cuento, dijo:

—Hoy matarán a todos los judíos.

Rudolph tomó a Nusia de la mano y la condujo hasta una pared en la que había una estantería. Mientras quitaba el mueble, iba diciendo:

—Te quedarás aquí.

—¿Qué hago? —preguntó Nusia, abrazando a su padre.

—Quédate aquí. Vendré a buscarte cuando todo haya pasado.

Entonces Rudolph abrió la puerta del ropero oculto, donde ya estaban escondidos otros judíos. El hombre besó a su hija y le pidió que entrara.

De pie en medio del ropero, rodeada de rostros asustados, Nusia vio cómo su padre se alejaba, volvía a colocar la estantería y todo se fundía en negro, como si estuviera cayendo en un abismo interminable.

11

Desde el escondite, Nusia y los otros podían oír los disparos y los gritos que llegaban de la calle. Si bien en aquella zona no había judíos, la resistencia polaca había aprovechado que la atención estaba puesta en el gueto para atacar a los invasores. Lejos de querer detener la matanza de judíos, sus sabotajes y sus ataques tan sólo buscaban recuperar el dominio de la ciudad, del país que los alemanes les habían quitado. Nusia sentía el cuerpo aterido de cansancio. Pero era imposible dormir de pie en aquel minúsculo escondite, rodeada de cuerpos que se estremecían con los disparos.

Minutos, horas, días después, la puerta del ropero volvió a abrirse. Ella y los otros tuvieron que cubrirse los ojos para que no los hiriera la claridad que llegaba del exterior. Recortada en la luz, la figura de Rudolph parecía más poderosa todavía. No estaba solo. Al ver a su hermana, Nusia soltó un gemido de alegría. Las dos se abrazaron, y Rudolph también las rodeó con sus brazos. Mientras las besaba, dijo:

—Deben quedarse aquí. Cuando la matanza termine, vendré a buscarlas.

Entonces Rudolph volvió a cerrar el ropero y todo se volvió a fundir en negro. Pero Nusia ya no estaba sola.

Durante los tres días que permanecieron allí encerradas, Fridzia le contó lo que habían sufrido en su ausencia. Los alemanes habían reducido el gueto, y sus padres, ella y la tía Ruzia habían tenido que dejar la casa para establecerse en un barrio alejado, el nuevo gueto, que tenía el perímetro rodeado por un muro coronado con alambres de púas y una sola puerta controlada a sangre y fuego por los ucranianos. El número de judíos había disminuido a la mitad.

—¿Y Eva? —preguntó Nusia.

—Se ha escapado con Abraham.

—¿Adónde?

—A Varsovia.

La historia de la huida de Eva las entretuvo durante todo el encierro. Cuando, dos meses atrás, las deportaciones habían comenzado a ser más masivas, Eva y Abraham habían decidido escapar. Primero se marcharon Eva y la novia de un hermano de Abraham. Juntas habían tomado el tren a Varsovia amparadas en papeles de falsas polacas que les había conseguido la misma ucraniana que había llevado a Nusia al campo. Al llegar a Varsovia, tomaron un carro que las conduciría al departamento que la ucraniana les había conseguido para que se escondieran. Pero a mitad de camino, uno de los tres hombres que iban en el carro dijo: «Son judías, son judías». Ellas lo negaron. Los tres polacos insistieron. Querían dinero o las entregarían a los nazis. Al fin, Eva les había dicho que era judía, y que su novio millonario estaría dispuesto a pagar un rescate. Los hombres las condujeron a una casa y las encerraron allí. Permanecerían secuestradas hasta que Abraham pagara el rescate.

Durante unos días, en Lwow nadie de su familia supo nada de ellas. Todos creían que las habían matado. Al fin, al quinto día, Abraham recibió la visita de un hombre misterioso. Era uno de los secuestradores de Eva. Cuando le contó la situación, Abraham le rogó que no le hiciera daño a su futura esposa. Aunque era estafador, ladrón y falsificador, el hombre dijo que no era asesino. Sólo quería dinero, y no le importaba que se lo dieran los nazis, los polacos o los judíos. Inmediatamente Abraham comprendió que aquel hombre podría ser su vía de escape. No tardó en acordar un precio, y el hombre partió con el dinero y la promesa de encontrarle un escondite en Varsovia a él y a sus hermanos.

Así, Abraham se había marchado y se había reunido con Eva en un departamento de la capital polaca. Ahora estaban escondidos, esperando que la guerra terminara. Y aquellos hombres que la habían secuestrado eran los que ahora mantenían en contacto a la familia, trayendo y llevando sus cartas.

—Se han salvado gracias a sus propios secuestradores —dijo Fridzia.

—¿Y nosotras? —preguntó Nusia.

—Nosotras también nos salvaremos.

Y, al menos esa vez, Fridzia no se equivocó. Al tercer día acabó el pogromo y Rudolph regresó a la fábrica. Cuando abrió la puerta del ropero, todos los que habían estado allí salieron de inmediato buscando aire fresco, lejos de las heces que se habían acumulado durante los días de encierro.

Su padre las abrazó y les dijo que se apuraran. Afuera llovía. Después de pasar tres días de pie, sus hijas apenas si podían seguirle la marcha. De a ratos se detenían para estirar las piernas, pero al ver pasar a los soldados olvidaban sus dolores y volvían a andar.

Nada más ver las puertas del gueto nuevo, Nusia comprendió todo lo que había cambiado. Los soldados que custodiaban la puerta alzaron la barrera apenas vieron al señor Stier. Aunque el mundo se caía a pedazos, Rudolph continuaba emanando ese aire de superioridad y admiración que siempre había seducido a todos. Al pasar junto a ellos, dejó caer una bolsa con ropa en el piso y los soldados se apuraron en recogerla. Esa era la forma en que Rudolph pagaba sus favores.

El nuevo gueto a Nusia le resultó peor que la casa del maestro. Sus calles sin pavimentar se habían convertido en fango con la lluvia. Les costaba caminar sin perder el equilibrio. Los pocos rostros que vieron eran pálidos, y se transfiguraban mostrando los huesos de los hambrientos. Los que se atrevían a salir caminaban lentamente, sin fuerzas.

No se veían niños ni ancianos por ninguna parte. Las tiendas estaban cerradas, y las casas eran tan frágiles que parecían a punto de hundirse en el barro. Tomaron una calle estrecha y se detuvieron frente a una pequeña casa de madera. Cuando su padre y Fridzia entraron, ella permaneció en la puerta. No podía ser cierto. Sus padres no podían estar viviendo en una casa peor que la del maestro ucraniano.

Dentro, Helena y Ruzia estaban sentadas a la mesa en silencio. En verdad, todo el gueto parecía haber perdido el habla. Durante el trayecto Nusia no había oído más que el sonido de lejanos disparos o el hambriento canturreo de los cuervos que sobrevolaban las calles desiertas.

Helena se incorporó para abrazar a sus hijas. No hablaba, no lloraba. Y su silencio causaba más tristeza todavía. Al recorrer la casa con la vista, Nusia la encontró sucia, con muebles desvencijados y moscas posadas en los cristales helados que cubrían las ventanas. Ni siquiera había agua potable.

Los alemanes habían prohibido el abastecimiento de carbón para todos los judíos. Era invierno, y la humedad de la lluvia se extendía como una telaraña de escarcha sobre todas las casas del gueto.

Entre los pocos judíos que quedaban vivos Rudolph había encontrado a sus hermanos. Hacía años que no se dirigían la palabra, pero la guerra y los nazis habían amainado todas las diferencias que los separaban hasta entonces y ahora volvían a tratarse con familiaridad. A Nusia la sorprendió ver a sus padres y sus tíos conversando, no con afecto, pero sí con calidez.

Los días transcurrían lentamente en el gueto. Por la mañana, Rudolph, Helena y Ruzia se marchaban a la fábrica y regresaban entrada la noche. Afuera ya no se oían gritos, sólo disparos y llantos lejanos. Nusia creía que enloquecería si seguía allí. Sentada junto a Fridzia, pasaba las horas mirando la mesa, la puerta, sin atreverse a observar qué ocurría afuera.

Durante noventa y tres días vivió encerrada, oyendo el ruido de las botas de los soldados que iban vaciando el gueto. Alemania estaba demasiado concentrada en los frentes de batalla para encima tener que mantener a sus prisioneros judíos. Ahora se limitaban a matarlos y borrarlos de la Tierra que se estremecía con el sonido de las bombas y el paso atronador de tanques y aviones bombarderos que se dirigían al este.

Un día Helena y Rudolph llegaron a la casa acompañados por la ucraniana que la había llevado al campo.

—Primero te irás tú, luego Fridzia y luego nosotros —le dijo su madre.

—Tienes que ser fuerte. Tienes que sobrevivir —le dijo su padre con los ojos llenos de lágrimas.

—Mañana vendré a buscarte, Stanislawa —dijo la ucraniana.

—¿Adónde iré?

—A Varsovia. Allí nadie notará que tu acento ucraniano no es correcto. Ingresarás a un orfanato y te harás pasar por una huérfana ucraniana.

La mujer se marchó y prometió encontrarse con ella, en la fábrica, al día siguiente. Esa noche Nusia permaneció despierta. Quería escapar del gueto, pero temía por la suerte de sus padres y Fridzia.

Cuando amaneció, sus padres la hallaron sentada en una silla, rodeada por las mismas maletas que se había llevado al campo. Rezaba en silencio murmurando el padrenuestro, la única estratagema en la que confiaba para sobrevivir.

Rudolph ya se había cambiado. Debían llegar a la fábrica cuanto antes para encontrarse con la ucraniana.

Primero Nusia se despidió de Fridzia, que se marcharía del gueto días más tarde. Al abrazar a su hermana sintió en la piel aquello que su mente no terminaba de aceptar. Quizá pasaran años hasta que volvieran a encontrarse. Se secaron las lágrimas y se dedicaron una última mirada cargada de cariño e improbables buenos deseos que ninguna se animó a pronunciar.

La tía Ruzia la abrazó diciendo:

—Dile a Eva que se cuide.

—Cuídate, Nusia. Tienes que obedecer en todo lo que te digan... —dijo su madre al besarla.

Estaba tan desolada que no pudo seguir hablando. Rudolph no estaba mejor.

Al salir, Nusia se volvió para contemplar por última vez a su familia escondida detrás de la ventana. Su tía y su hermana lloraban. Su madre se cubría la boca con una mano, acallando un grito que nadie debía escuchar.

Rudolph y su hija cruzaron la puerta del gueto cargando las

dos valijas. Antes de que los soldados dijeran algo, Rudolph dejó caer unos billetes que sirvieron de respuesta a cualquier pregunta. Caminaron lentamente, sabiendo que al llegar a la fábrica sus historias tomarían una velocidad vertiginosa que podría conducirlos a cualquier parte, a un destino que ahora les resultaba oscuro, improbable.

La ucraniana llegó a la fábrica poco después que ellos. Llevaba un abrigo negro, el cabello arreglado y una maleta pequeña que buscaba confundir a cualquiera que la detuviera. La mujer guardó silencio mientras Nusia se despedía de su padre.

Era la primera vez que Nusia lo veía llorar. Rudolph la abrazó con fuerza y, en voz baja, al oído, le susurró:

—Te quiero, camarada.

Nusia ya no pudo contener las lágrimas.

—Papá, no quiero irme —dijo.

—Tienes que hacerlo.

Sólo entonces la ucraniana decidió intervenir.

—Debemos tomar el tren a Varsovia. Deprisa.

Nusia volvió a abrazar a su padre, que con dulzura apoyó sus manos en los hombros de la niña y la fue empujando hacia la puerta de la fábrica.

Nusia no dejó de llorar en todo el camino a la estación. Allí ocuparon un banco y esperaron hasta que la noche cayó extendiendo un manto de niebla sobre los andenes. Un hombre se encargó de encender las lámparas de petróleo, y de pronto la estación se iluminó con una luz mortecina.

La niña no podía dejar de pensar en su padre y en el futuro, mientras la ucraniana volvía a repetir que se callara, que pasara desapercibida, que no dejara de rezar.

—Stanislawa, ¿me oyes?

Pero Nusia no la escuchaba. Desde el fondo de la estación se acercaba una figura que ella conocía.

—Papá —gritó Nusia de pronto.

—Calla, Stanislawa —dijo la mujer, incrédula.

Rudolph tampoco creía lo que él mismo estaba haciendo. Cuidadoso como era, no había podido contenerse y había salido a la calle después del toque de queda para ver a su hija por última vez. Después de abrazarla, le entregó un papel en el que Nusia pudo leer una dirección escrita con una letra temblorosa, distinta a la de su padre.

—Ve a visitar a tu prima Eva. Ella te ayudará.

Después se quedó sin palabras. La contempló durante una milésima de segundo, memorizando sus rasgos, y volvió a abrazarla.

—Cuídate —dijo.

—Señor Stier, esto es peligroso —dijo la ucraniana, y no mentía.

Sólo entonces Rudolph les dio la espalda y echó a correr.

El tren llegó pocos minutos más tarde. Nusia siguió a la ucraniana hasta uno de los vagones y se sentó junto a ella, frente a las ventanas. Su padre ya no estaba por ninguna parte. Poco a poco se fue serenando, hasta que al fin recuperó el ritmo normal de respiración. El tren partió poco antes de medianoche. El vagón en el que ellas viajaban estaba repleto de gente que se dirigía a Varsovia.

Pocos kilómetros después de haber dejado la ciudad, Nusia creyó sentir un olor extraño, como si todo se estuviera quemando a su alrededor. Al mirar por las ventanas no vio fuego, tan sólo una nieve fina, incorpórea, que se arrastraba por el cielo con el paso del viento.

Entonces oyó a los pasajeros decir:

—Mira, mira. Aquí es donde queman a los judíos.

En ese momento, dos soldados nazis se acercaron a ella y le pidieron los documentos. Con una serenidad que le parecía ajena, ella sacó la cartilla con una sonrisa y se la enseñó a los alemanes.

—Soy Stanislawa Jendrus, viajo a Varsovia —dijo en un perfecto ucraniano.

En apenas tres años, le habían quitado la casa, la escuela, su familia. La habían vaciado de todo aquello que había formado su identidad, y ahora la obligaban a olvidar su propio nombre. Debía ser otra.

—Muy bien, Stanislawa —dijo la ucraniana, con alivio, al ver que los soldados se alejaban.

—Stanislawa Jendrus —repitió Stanislawa, llorando, mientras se alejaba de su pasado bajo una lluvia de cenizas.

12

—Stanislawa, despierta —dijo la ucraniana. Ella abrió los ojos. Durante unos pocos segundos no supo quién le hablaba ni quién era Stanislawa. Luego, al ver el enorme cartel con la inscripción Varsovia, recordó todo lo que había pasado. Se acomodó en el asiento mientras el tren ingresaba en una enorme estación llena de gente.

Cuando se abrieron las puertas, Nusia y la ucraniana bajaron al andén cargando las maletas. Un enjambre de desocupados y delatores comenzó a rodearlas, preguntando si necesitaban un carro, un taxi o productos del mercado negro, y acusándolas de judías. La ucraniana los alejaba con golpes, insultos y gestos tan groseros como efectivos. Pronto alcanzaron la calle y se mezclaron con la gente en el bullicio de la ciudad, que amanecía bajo un paño anaranjado.

—Primero iremos a visitar a Irene y Roman.

—¿Quiénes son? —preguntó Stanislawa.

—Eva y Abraham también han cambiado sus nombres —dijo la ucraniana.

Subieron a un tranvía. Durante algunos minutos, las dos contemplaron en silencio la ciudad que pasaba por las ventanillas. Al fin, la ucraniana se incorporó y bajaron del tranvía. Caminaron unos cientos de metros y se detuvieron en la puerta de un edificio bastante lujoso.

La ucraniana intercambió unas palabras con el portero y luego le indicó a ella que la siguiera escaleras arriba. En el segundo piso, llamó a una de las dos puertas diciendo:

—Irene, ábreme.

La puerta se abrió para mostrar un rostro que a Stanislawa le resultó conocido, pero que no coincidía con la cabellera rubia platino que lo coronaba.

—¿Eva? —preguntó Nusia.

—Irene —dijo Eva.

—Irene —repitió Stanislawa.

Se abrazaron en el vano de la puerta, palpándose los rostros, como ciegas.

—Entren, rápido —ordenó la ucraniana.

Las tres entraron al departamento. En el vestíbulo había colgado un traje de las SS en un perchero. Stanislawa caminaba indiferente, pero Nusia estaba aterrorizada. ¿Dónde vivían sus primos? ¿Rodeados de nazis?

Irene atravesó un largo pasillo, seguida por su prima y la ucraniana. Abrió una puerta que daba a una sala donde había una mesa, cuatro sillas y algunos otros muebles. Abraham, que leía un periódico sentado a la mesa, se sobresaltó con la llegada de las visitas y se incorporó de inmediato, con un gesto de terror. Irene se encargó de calmarlo.

—Tranquilo, Roman, es Stanislawa —dijo Irene.

—¿Quién?

—Nusia.

Irene y Roman abrazaron a la pequeña Stanislawa y le preguntaron por cada uno de sus familiares. Ella no dejaba de mirar a su prima.

—¿Por qué te has cambiado el color del cabello?

—Las polacas son rubias.

Stanislawa torció la cabeza, como si así pudiera analizar mejor el aspecto de su prima.

—Oscuro era mejor.

—¿Y tu hermana? ¿Dónde está? —preguntó Irene.

—Pronto saldrá de Lwow. ¿Y ustedes viven aquí?

—Sí, alquilamos la mitad del departamento a una polaca.

—¿Y ese traje alemán? —dijo Stanislawa, señalando la puerta.

—Es del amante de Kurchiska, la dueña de casa.

—¿Viven con un alemán?

—Sí, pero él nunca viene a esta parte de la casa. No nos conoce. Cree que somos polacos desplazados —dijo Roman, inquieto. Y mirando por la ventana, agregó—: Eso recorta las posibilidades de que suframos una razia.

—Los alemanes no vendrán a buscar judíos en una casa donde vive un oficial de la Gestapo.

A Stanislawa la explicación la convenció por completo. ¿Acaso ella no iba de camino a un orfanato ucraniano? Se estaba acostumbrando a mutar, a cambiar de nombre, de lengua, de familia y de ciudad por las mismas razones que su prima vivía junto a un nazi.

Conversaron durante poco más de una hora, hasta que al fin la ucraniana dijo:

—Debemos llegar al orfanato antes de mediodía, Stanislawa.

Nusia sintió que la piel de todo su cuerpo se erizaba. La visión de su prima, con el cabello teñido y el nombre falso, le mostraba cómo sería su propio futuro de ahora en adelante. Entonces, Irene la tomó de la mano y le dijo:

—Tranquila. Nosotros estaremos aquí por si nos necesitas. Todo irá bien, Stanislawa.

Volvieron a besarse y a abrazarse, mientras la ucraniana repetía:

—En marcha, Stanislawa.

Bajaron las escaleras en silencio, salieron a la calle y volvieron a subir a un tranvía. Nusia sentía los brazos entumecidos por el peso de la maleta, por el cansancio y los nervios. Sin embargo, por encima del terror a ser descubierta, la ansiedad por ser aceptada en el orfanato y la tristeza de haberse separado de su prima, Stanislawa podía sentir la curiosidad que le generaba todo lo que veía. Varsovia le parecía inmensa, y en esa inmensidad no se podían ver signos de la suerte de los judíos. Incluso llegó a preguntarse si quedaría algún judío en la ciudad. Pero en ese momento, a lo lejos, vieron un muro alto que se perdía a la distancia y partía la ciudad en dos.

—Ese es el gueto —dijo la ucraniana.

Inmediatamente, Stanislawa apartó la vista de las ventanas. Prefería seguir inmersa en su nueva identidad a tener que recordar que su familia estaba encerrada en un lugar como ese.

Al fin bajaron del tranvía y se acercaron a un edificio alto, de varios pisos y con un frente tan austero que parecía a medio construir. Sobre el techo ondeaba una bandera ucraniana.

—Hemos llegado. Aquí te inscribirán como huérfana ucraniana. Tienes que hacer todo lo posible para que nadie te descubra. Cuando la guerra termine, saldrás por esa puerta sana y salva. Pero recuerda, tienes que…

—Rezar, callar y mentir —dijo Stanislawa.

—Exacto —dijo la ucraniana, y, al abrazarla, agregó—: Que Dios te bendiga.

Ambas entraron a la recepción del edificio y fueron recibidas por dependientes vestidos con delantales grises. En ucraniano, la mujer les dijo que Stanislawa Jendrus había perdido a toda su familia por culpa de una epidemia. Les entregó los papeles falsos que acreditaban la identidad de la niña y se marchó. Mientras se alejaba, volvió la mirada para ver por última vez a su protegida, y a Stanislawa le pareció que la mujer tenía lágrimas en los ojos.

—Siéntate —le dijo uno de los hombres que la habían recibido y que ahora contemplaba los documentos que había entregado la ucraniana.

Stanislawa se sentó y esperó a que el hombre completara una ficha con sus datos. Luego le entregaron una cartilla donde decía que Stanislawa Jendrus era ucraniana y, ahora, desde ese mismo momento, estudiante e interna del orfanato.

La condujeron hacia el dormitorio de las niñas. Allí le asignaron una cama y un pequeño mueble donde guardó sus pertenencias. Inexplicablemente, no tenía miedo. Se sentía a salvo encerrada en esas cuatro paredes.

Después el celador la acompañó hasta el comedor, donde sus nuevos compañeros estaban tomando el almuerzo. Nusia eligió una mesa apartada y se sentó. Alguien le colocó delante de los ojos un vaso y un plato humeante, y ella devoró la comida en cuestión de segundos. Hacía más de doce horas que no probaba bocado. Bebió un trago de agua y suspiró.

Poco a poco, sus músculos se fueron relajando con el sonido de las voces de los niños que ocupaban las otras mesas del comedor. Los contó en silencio. Ochenta y seis voces que chillaban, reían y cantaban ajenas a todo. Vestían ropas gastadas de campesinos. De pronto, una chica de su edad se acercó hasta ella y se sentó a su lado.

—¿De dónde has sacado esta ropa? —le preguntó, con los ojos fijos en el hermoso vestido que llevaba puesto.

—Era de unos judíos, pero ahora es mía porque se la he robado —contestó Stanislawa.

—Es hermoso —dijo la chica, con sinceridad.

Aquel primer día en el orfanato, tuvo que repetir lo mismo en tres oportunidades. Sólo entonces comprendió que la suerte de aquellos niños no era distinta a la suya. Al menos, ella sabía que sus padres estaban vivos. Los chicos que la rodeaban, en cambio, no fingían: sus padres estaban muertos y su suerte dependía del azar.

Mientras, empujados por la curiosidad, no dejaban de hacer preguntas:

—¿De dónde eres?

—Del este, cerca de Lwow —respondía Stanislawa.

—¿Y tus padres?

—Murieron de tuberculosis.

—Los míos también —dijo un niño que llevaba el cabello cortado al ras y el rostro marcado de viruela.

—¿Y has nacido en Polonia?

—Sí, pero mis padres eran ucranianos —mentía Nusia.

Mentía con una naturalidad que la sorprendía. Durante los primeros días fue tejiendo una red de engaños difícil de sostener. Por la noche, cuando se acostaba en el dormitorio de las niñas, intentaba recordar cada una de las mentiras que había dicho para ordenar su cabeza y no contradecirse al día siguiente. Parecía imposible. Sin embargo, al despertar, volvía a sorprenderse por la facilidad que tenía para calmar la curiosidad del resto y proteger su verdadera identidad.

Cada mañana, después del desayuno, ella y los otros niños internados asistían al colegio ucraniano que estaba adosado al orfanato y se mezclaban con otros niños que sólo iban para asistir a clase. Primero, tenían una hora de catecismo con un sacerdote. En esas clases Stanislawa comprendió la gran ayuda que le había prestado el maestro al pasar las horas con ella en el campo para enseñarle las plegarias católicas.

Después, asistían a las clases normales que se dictaban en ucraniano y también a clases de alemán. Los ucranianos parecían deseosos de aprender el idioma de ese ocupante que divisaban como el Gran Salvador.

Fue a la salida de una de esas clases que Stanislawa creyó ver un rostro conocido. Frente a ella venía caminando Lesia, la hermana menor de Roman, que, como Irene, ahora llevaba el cabello teñido de rubio. Durante unos segundos, Stanislawa no supo qué hacer. No hablaron, no se hicieron señas. Tan sólo se miraron a los ojos con un espanto compartido. Dos judías disfrazadas de ucranianas. Pudo sentir que los nervios le encendían las mejillas de rojo. La hermana de Roman también parecía asustada. Sin embargo, ambas bajaron la mirada y continuaron sus caminos opuestos sin dejarse traicionar por los sentimientos.

La segunda vez que se cruzaron ni siquiera se puso nerviosa. Su disfraz empezaba a tatuársele en la piel. Tanto que había comenzado a trabar amistad con varias niñas del orfanato. Nadie desconfiaba de ella, y eso era una buena señal.

El último día de esa semana todos los internos fueron conducidos al salón que se utilizaba para realizar los actos conmemorativos ucranianos. Allí los esperaba el profesor de canto.

Stanislawa y los otros dos niños que habían llegado aquella semana fueron sometidos a una prueba de vocalización. Después de oírla desafinar dos o tres veces la misma estrofa, el maestro le señaló una silla diciendo:

—Siéntese ahí. Usted no sirve para el canto.

Stanislawa obedeció, agradecida, y fue a sentarse donde le habían indicado.

A una orden del maestro, todos se pusieron de pie. Poco a poco, fueron entonando una canción que a Stanislawa le pareció demasiado solemne. De a ratos, el maestro le dedicaba miradas acusadoras que ella, sentada en la silla, no podía evitar.

Cuando terminó la canción, el maestro se acercó bufando.

—¿Usted no sabe que cuando se canta el himno ucraniano hay que ponerse de pie?

Nusia se puso pálida. El maestro del campo se había olvidado de enseñarle el himno ucraniano. Stanislawa dijo:

—No pude estar de pie porque me duele el estómago.

—Haberlo dicho antes. Vaya a la enfermería —dijo el maestro.

Stanislawa se incorporó, se apretó el estómago con una mano y se marchó a toda velocidad. Mientras se alejaba temblando, se preguntó cuánto más podía durar su buena suerte.

13

Una mañana, dos semanas después de que Stanislawa ingresara al orfanato, ella y los demás niños recibieron la orden de presentarse en el comedor. Una a una, las ochenta y seis criaturas fueron formando dos filas enfrentadas. El director del orfanato estaba pletórico. Gesticulaba y se detenía delante de cada huérfano para comprobar que todos estuvieran presentables. Luego, se alisó su propio traje, se miró los puños de la camisa, se acomodó el cabello pajizo y se dirigió a uno de los extremos del salón. Desde allí contempló a los niños formados antes de salir por una puerta.

Al quedarse solos, todos comenzaron a murmurar.

—¿Qué ocurre? —preguntó Stanislawa a la niña que estaba junto a ella.

—Habrá una selección.

De pronto, el director volvió a aparecer por la puerta. No iba solo. Lo acompañaba una mujer de rasgos finos y ojos vivaces, vestida con un traje sencillo pero extremadamente formal. Llevaba las manos embutidas en finos guantes blancos y el cabello, a medio camino entre el amarillo y el gris, perfectamente peinado en una trenza que se perdía a sus espaldas.

El director la trataba con obsecuencia y con gestos de vasallo.

Stanislawa pensó que aquella mujer debía de ser importante. Al fin, el director y la mujer comenzaron a recorrer una de las filas pasando delante de cada niño. La mujer los observaba de reojo, y cuando se detenía frente a alguno, el director lo describía:

—Mire qué ojos —decía—, qué cabello. Sangre ucraniana de primera categoría.

Sin embargo, la mujer no parecía conforme con ninguno.

—Parece débil.

—¿Y este?

—Demasiado pequeño.

—Esta niña…

—No, tiene un ojo desviado.

Al pasar junto a Nusia, la mujer se detuvo y la miró directo a los ojos. Stanislawa bajó la mirada. La mujer se acercó, tomó una de las trenzas de la niña con la mano enguantada e inclinó la cabeza para oler su cabello con los ojos cerrados. Luego suspiró, como si el aroma de la trenza de Stanislawa le hubiera traído lejanos recuerdos.

Extendió uno de sus dedos, con delicadeza presionó el pómulo derecho de Stanislawa y volvió a acercar la cabeza para mirar el color de sus ojos.

—Ojos verdes. Cabello rubio —observó el director.

Al fin, la mujer posó su mano sobre el hombro de Stanislawa diciendo:

—Me llevo a esta.

—Pura sangre ucraniana —dijo el director, satisfecho.

Con un gesto imperceptible, Nusia miró a los otros niños y descubrió que la observaban con envidia. Incluso el pequeño que tenía marcas de viruela se echó a llorar. Ella no terminaba de creer lo que estaba pasando.

—Regresen a sus habitaciones —ordenó el director, y comenzó a hacer gestos para que todos se marcharan.

Lentamente los niños fueron rompiendo filas. Parecían derrotados. Stanislawa, en cambio, no podía dejar de sonreír.

—Por aquí —dijo el director, señalando la puerta que conducía a la oficina donde le habían tomado los datos a Nusia el día de su ingreso.

La mujer la tomó de la mano y juntas lo siguieron. En la oficina, el hombre ordenó a una de las secretarias que buscara la ficha y los documentos de Stanislawa. Luego se los entregó a la mujer, que los leyó en silencio.

—¿Eres grecocatólica? —preguntó.

—Sí —respondió Stanislawa.

—Yo soy católica ortodoxa. Pero no es un problema, lo importante es que ambas creemos en Cristo. Y tu nombre es… ¿Stanislawa Jendrus? —preguntó, leyendo la ficha.

—Sí —dijo ella.

—Stanislawa —repitió la mujer. Sacudió la cabeza y agregó—: No me gusta. Te llamaré Slawka.

Minutos después un celador se encargó de meter todas sus pertenencias dentro de la misma valija con la que había llegado hacía un par de semanas.

Delante de ella, la mujer convino con el director que Slawka continuaría asistiendo al colegio en horario de clases. Al fin, el director besó la mano de la mujer y la despidió con todo tipo de reverencias y demostraciones de respeto.

Se marcharon tomadas de la mano. Cuando cruzaba la puerta del orfanato, Nusia respiró profundo el aire que llegaba desde la calle.

—Tomaremos el tranvía —dijo la mujer, y a Slawka le sorprendió que, dada su importancia, no tuviera un auto con chofer como su padre.

El tranvía las condujo hacia las afueras de Varsovia. A medida que se alejaban del centro, Nusia, Stanislawa y Slawka se convencieron de que al fin se encontraban a salvo.

Bajaron del tranvía y entraron a un edificio cercano a la estación. Subieron las escaleras, pero a Slawka ya no le pesaba el equipaje. En realidad, se sentía ligera, etérea, como si acabara de nacer a una nueva vida.

La mujer se detuvo frente a una puerta del tercer piso. Retiró una llave del bolso y abrió. El departamento parecía un pequeño museo. Banderas ucranianas, enmarcadas como cuadros, colgaban de las paredes empapeladas hacía tiempo. Sobre un mueble, el retrato de Petliura estaba iluminado por una vela. A su lado había otra fotografía. En ella, Petliura abrazaba al otro militar que aparecía en las demás fotos que decoraban la sala. Imágenes marciales, civiles, de fiestas y actos, donde aquel hombre aparecía vestido de uniforme, con el pecho cargado de condecoraciones. Slawka también descubrió decenas de cajas pequeñas, revestidas con raso de vivos colores, que guardaban insignias y condecoraciones militares por toda la casa.

La mujer, que permanecía junto a ella en silencio, tenía el rostro surcado por una sonrisa de orgullo y satisfacción.

—Esta no es una casa cualquiera, Slawka. Debes saberlo. Mi nombre es Claudia. Te trataré como a una hija. Pero no me llames «mamá», soy demasiado mayor para ser tu madre. Puedes llamarme «tía».

—Sí, tía —dijo Slawka.

—Ahora conocerás a mi marido, el general Marko Bezruchko. Debes besarle la mano. Trátalo con el respeto que merece. Marko es un héroe. Ha sido la mano derecha de Petliura, Dios lo guarde en la gloria. Marko ha luchado valientemente contra los bolcheviques y los judíos.

Slawka asintió. Nusia tragó saliva. Claudia la tomó de la mano y la guió hasta una puerta, que estaba cerrada. En voz baja, repitió:

—Debes besarle la mano.

Entonces llamó a la puerta. Nadie contestó. Sin embargo, ella abrió y entraron. La puerta daba a un estudio de proporciones mayores que la pequeña sala. Las paredes, cubiertas con estanterías de madera oscura y brillante, estaban atiborradas de libros. Sobre un escritorio, Slawka vio decenas de mapas de Ucrania con inscripciones militares. También había una cama. En el centro, en bata y pantuflas, un anciano de ojos pequeños y húmedos movía los labios mientras su dedo señalaba las líneas trazadas en el mapa que tenía sobre el regazo. Ni siquiera se volvió para mirarlas.

—Marko... —dijo Claudia.

El hombre alzó las cejas, como si hubiera despertado de un ensueño. Claudia se acercó y se arrodilló delante de él.

—Mírame, Marko.

El general Bezruchko primero la miró con extrañeza, como si fuera la primera vez que la veía. Luego sonrió, como si aquel rostro le recordara tiempos mejores. Entonces Bezruchko giró la cabeza hacia un costado, arrugando la piel que cubría sus huesos faltos de músculos y carne para ver a la niña.

—Halina —dijo, emocionado.

—No, Halina está en Viena. Ella es Slawka. Vivirá con nosotros —dijo Claudia, y con una seña le pidió que se acercara.

Slawka se acercó al sillón, hincó una rodilla en el suelo y besó la mano que el general le ofrecía. Al incorporarse, pudo ver que Claudia tenía los ojos llenos de lágrimas.

—Dejémoslo estudiar tranquilo —dijo, señalando la puerta.

Para entonces Bezruchko había vuelto extraviar sus ojos en el mapa, quizá con la esperanza de encontrar el camino de regreso a su juventud.

En la sala, Claudia le dijo a Slawka:

—Debes de tener hambre, hijita. Hoy es viernes. En casa los viernes no comemos carne, sino pescado.

—En mi casa también —dijo Nusia, recordando el comienzo del sabbat.

Entonces Claudia alzó las cejas, un gesto breve que a Slawka le dio pánico. ¿Qué estaba diciendo? ¿Así quería mantenerse a salvo? Tenía que inventar algo para despistarla. Inmediatamente, dijo:

—Es que mis tíos eran muy religiosos.

—Esa es una buena noticia —dijo Claudia.

Juntas se dirigieron a la cocina, donde además de los enseres y una mesa con dos sillas también había una cama.

—La casa es pequeña. En Ucrania vivíamos mejor, pero todo cambió por culpa de los bolcheviques. Dormirás aquí. Pero no te asustes, no serás una criada. Te trataré como a una hija.

Slawka preguntó:

—¿Halina es su hija?

—No hemos tenido hijos —dijo Claudia, y bajó la mirada.

Slawka vio cómo el rostro de su madre adoptiva volvía a endurecerse con los mismos gestos severos que había mostrado en el orfanato.

—Perdón —dijo Slawka.

—No te preocupes. Halina era la hija del general Zmiienko, compañero de armas de mi marido. Cuando Zmiienko murió en manos de los bolcheviques, Halina tenía tres años. Marko y yo la adoptamos y la criamos como a una hija. Ahora está en Viena, estudiando odontología en la universidad. Está casada, su marido vive en Lublin. Ven, te ayudaré a acomodarte.

Entre las dos colocaron la maleta sobre la cama. Al abrirla y descubrir las finas ropas que había dentro, Claudia se sorprendió tanto como sus compañeras de orfanato.

—¿Una huérfana con semejantes vestidos?

—Se las he robado a una familia judía —dijo Slawka.

Claudia, satisfecha, le acarició los cabellos con afecto.

—Tú y yo nos llevaremos muy bien.

14

El primer día que pasó en casa de los Bezruchko, Slawka intentó pasar desapercibida, lo cual era difícil teniendo en cuenta que el departamento era pequeño y que Claudia y el general salían poco a la calle.

Al no tener criadas, Claudia debía encargarse de limpiar su propio cuarto, el de su marido, la pequeña sala, el baño y la cocina donde dormía su hija adoptiva. Slawka la observaba, y en los gestos finos de la mujer podía adivinar que los Bezruchko habían vivido la mayor parte de sus vidas en una posición acomodada gracias al glorioso pasado de Marko.

Bezruchko pasaba las horas en el sofá, estudiando mapas y libros de geografía, y sólo se levantaba para comer. Claudia lo atendía con esmero y hablaba de él con admiración.

Le mostraba a Slawka cada uno de los libros de historia ucraniana que había en la casa. Eran muchos, y en todos aparecía Marko Bezruchko junto a Petliura arengando a las tropas, posando en una condecoración o marchando por Galitzia sobre hermosos caballos. Una foto, incluso, los mostraba en la entrada de Stanislawow, el pueblo donde había nacido Helena y donde, quizá, si la suerte se había apiadado de ella, seguiría viviendo Lea, la abuela de Nusia.

A veces, al salir del estudio, Claudia se acercaba a Slawka y le decía:

—Tendrías que haberlo visto en su juventud. Siempre impecablemente vestido, con el uniforme lleno de condecoraciones... Sus hombres lo obedecían en todo.

Sin embargo, a Slawka le costaba relacionar al héroe de las fotos y los libros con aquel anciano que, lentamente pero con el cuerpo firme y recto, se movía por la casa como un fantasma silencioso.

A veces, Claudia le preguntaba:

—¿Nunca oíste a tus padres o tus tíos ucranianos hablar de Bezruchko?

Entonces Nusia fingía y Slawka repetía:

—Seguramente, pero no lo recuerdo...

Ese sábado Claudia le contó ciertas cosas que no aparecían en los libros de historia. Ella y Marko eran originarios de Odesa, y habían nacido en dos de las familias más importantes de la ciudad. Criados como patricios ucranianos, ambos habían tenido la infancia placentera y despreocupada de los niños ricos. En Odesa, Marko había ingresado en el colegio militar. Había estudiado geografía en las aulas y en los campos de batalla había ganado el rango de general.

Al estallar la Primera Guerra Mundial, Bezruchko había servido a las órdenes de Simon Petliura y juntos habían enfrentado a los bolcheviques para defender las fronteras de Ucrania. En 1919, cuando la derrota era inevitable y la Unión Soviética se disponía a ocupar el país vencido, ambos, Petliura y Bezruchko, habían preferido entregarse al ejército polaco para escapar de una muerte segura en manos de los bolcheviques. Bezruchko fue conducido junto al ejército ucraniano al campo de refugiados que los polacos habían dispuesto para recibir a los desertores. Dos años más tarde, en 1921, los polacos identificaron al general y, lejos de maltratarlo, lo hicieron sentir dueño de cada uno de sus logros. Lo liberaron, lo trataron como al héroe que era y le permitieron quedarse en el país desarrollando cualquier tarea que se le antojase. Bezruchko decidió establecerse en Varsovia, donde fue recibido con los brazos abiertos. A fin de cuentas, había matado a miles de judíos y comunistas enemigos de los polacos.

Le reconocieron su jerarquía, y le ofrecieron trabajo en el Instituto Geográfico Militar del ejército polaco en Varsovia. Allí había trabajado hasta jubilarse, y ahora recibía una pensión del gobierno polaco que les permitía a él y a Claudia vivir, si no en la abundancia, al menos sin necesidad de seguir trabajando.

Al parecer, a pesar de su avanzada edad y de permanecer encerrado en su casa, Bezruchko seguía siendo el faro que guiaba a los más importantes políticos y militares ucranianos y polacos.

—Ya lo verás —decía Claudia—, todos vienen a consultarlo, a pedirle consejo. Hasta el mismísimo general Bandera ha venido a visitarlo.

Nusia recordó la entrada del ejército ucraniano en Lwow, y a su padre señalando al militar que encabezaba la marcha. El pánico que Rudolph había sentido por aquel hombre ahora era la esperanza que su hija tenía para sobrevivir en medio de la guerra. Nadie se animaría a desconfiar de una hija de Bezruchko, por más adoptiva fuera.

El domingo, Claudia la despertó temprano.

—Slawka, debemos ir a misa.

Si bien Claudia sonreía con afecto, Nusia entró en pánico. Desayunaron juntas después de que el general acabara su propio desayuno.

Mientras bebían café, Claudia dijo:

—Si bien las dos somos católicas, nos corresponden distintas iglesias. Yo asisto a una ortodoxa de Praga, pero cerca del Vístula hay una grecocatólica a la que irás tú.

—¿Y cómo llegaré? —preguntó Slawka.

—Yo te acompañaré, hijita. Rápido, no podemos llegar tarde.

Se despidieron del general y tomaron un tranvía que las condujo al centro. A través de las ventanillas, los paredones del gueto parecían más misteriosos que terroríficos. Bajaron y Claudia la tomó de la mano.

—Debemos tener cuidado —dijo.

Se detuvieron frente a una iglesia de blancas paredes. Slawka alzó la vista, siguiendo la estructura de la torre, que era alta, altísima, y terminaba en un campanario. Pero desde allí también podían verse los muros del gueto, más allá de las siluetas de los hombres y mujeres que se acercaban para presenciar la ceremonia. Al entrar, Slawka y Claudia se persignaron. Slawka estaba ansiosa por repetir todo lo que le había enseñado el maestro ucraniano.

Durante toda la ceremonia, trató de mostrarse solemne para que esa seriedad eclipsara cualquier error de protocolo. Si bien aquella fue la primera vez que presenció una misa, Nusia aprobó el examen y Slawka se llevó las felicitaciones de Claudia.

—Te concentras en la oración, Slawka, eres muy devota. Estoy orgullosa.

—Gracias.

Cuando terminó la ceremonia, las dos se alejaron de la iglesia y de los muros del gueto y se dirigieron al Vístula. Tomaron uno de los puentes y, al ser detenidas por una patrulla de soldados nazis, Claudia expuso sus credenciales:

—Soy la mujer del general Bezruchko y ella es mi hija adoptiva —dijo e inmediatamente los soldados se apartaron de su camino.

Siguieron andando y cruzaron el puente.

—Este barrio se llama Praga. Y aquí está mi iglesia.

Con sólo ver el edificio, Slawka notó las diferencias. Esta iglesia tenía cúpulas bulbosas, como las que podían verse en Lwow. Además, a diferencia de los que habían asistido a la misa que acababan de presenciar en la iglesia grecocatólica, los fieles ortodoxos de aquella iglesia rodearon a Claudia deshaciéndose en elogios, saludos y reverencias. Claudia, orgullosa del reconocimiento que le profesaban, dijo:

—Ella es Slawka, vive conmigo y con el general Bezruchko.

—Una hermosa niña ucraniana —repitieron los hombres y mujeres que las rodeaban.

Durante la misa, le llamó la atención que los sacerdotes católicos ortodoxos se vistieran al estilo de los rabinos, con sus largas barbas, sus casquetes y sus túnicas negras. Por un momento, incluso llegó a pensar que esos sacerdotes en verdad eran rabinos disfrazados, como ella.

Cuando terminó la misa y Claudia saludó al último sacerdote y al último fiel ucraniano, salieron a la calle. Sin embargo, aún no podían regresar a casa. Claudia señaló un edificio gris, con altos muros enrejados.

—Es un hospicio. Acompáñame.

De la mano, se acercaron al portón de entrada. Allí Claudia fue recibida con la misma devoción.

—Señora Bezruchko, pase, por favor.

Recorrieron pasillos, se cruzaron con médicos vestidos con batas blancas y enfermos de ojos extraviados y ropas grises. Finalmente entraron a un pabellón y se acercaron a un joven de unos veinte años que llevaba el cabello rapado y el esqueleto apenas cubierto por una capa de piel verdosa. De su cartera, Claudia retiró una bolsa que antes de salir había llenado de comida.

—Gracias, mamá —dijo el joven.

—¿Cómo estás, Yuri? ¿Te has portado bien?

El joven asintió. Claudia le entregó la bolsa y él la abrió con violencia. Sacó unas galletas y comenzó a comerlas con una desesperación inusitada. No se detuvo hasta que la bolsa quedó vacía y su mentón y sus labios cubiertos de una mezcla de migas y saliva. Entonces el joven apoyó la cabeza sobre la mesa y se quedó dormido.

—Vamos —dijo Claudia.

En la calle, Slawka preguntó:

—¿Quién era?

—El hermano de Halina. No está bien de la cabeza, por eso vive aquí. Pero yo me encargo de que no le falte nada. ¿Volvemos a casa? Marko debe, estar preocupado.

Claudia no se equivocaba. Al llegar a casa, descubrieron que Marko se tomaba desesperado la cabeza con las manos. No estaba solo. Junto a él, un oficial del ejército ucraniano parecía estar pasando un mal momento. Al ver a su marido en aquella situación, Claudia dijo:

—¿Te encuentras bien, Marko?

—No.

—¿Quieres que llame al médico?

—No. Quiero que estos ignorantes hagan lo que les digo —respondió Bezruchko señalando al oficial, que parecía concentrado en las cerámicas del piso.

—¿Qué ha pasado? —preguntó Claudia, irritada.

—Le he contado al general de qué modo llegaremos a Ucrania..., pero no está de acuerdo —dijo el oficial.

—Por algo será —respondió Claudia y, haciéndole una breve seña a Slawka para que la siguiera, se marchó a la cocina.

El poder que tenía, o más bien, el poder que había sabido tener Bezruchko, era inimaginable para Slawka. Pero pudo seguir comprobándolo al día siguiente, cuando se reintegró a la escuela. Durante las dos semanas que había pasado internada en el orfanato, profesores y compañeros la habían tratado con indiferencia, pero ahora que todos sabían quién la había adoptado le profesaban el mismo respeto exagerado que el director le había dedicado a Claudia. Y Nusia, lejos de avergonzarse y sentir temor, comenzó a transfigurarse, a creerse el papel que le tocaba en aquella farsa que se desarrollaba en toda Europa, donde unos perseguían a otros, donde se gaseaba a los niños, donde todos cambiaban de identidad y ella misma disfrutaba los beneficios que recibía Slawka Jendrus, hijastra del general Marko Bezruchko.

Desde aquel día, cada mañana tomaba el tranvía y cruzaba media Varsovia para asistir a clases. Le gustaba ser reconocida por los demás alumnos, por las autoridades de la escuela e incluso por las autoridades de la ocupación, que, cuando le pedían documentos y ella mostraba su identificación, le sonreían y le dejaban continuar sin poner un solo reparo.

Pero lo que más le gustaba era esa independencia que le permitía Claudia y que a ella le servía para perderse por las calles de Varsovia, entregada a la curiosidad que la llevaba a mirar todo con ojos bien abiertos, tratando de adivinar los movimientos de las tropas, de los delatores, de los soldados y los judíos perseguidos.

Durante un mes se abocó a esas actividades sin desviarse de su camino. Ese tiempo le bastó para ganarse la confianza de varias niñas de la escuela, que la invitaron a merendar en sus casas ucranianas. Claudia también se había convencido de que Stanislawa Jendrus era la huérfana que fingía ser.

La careta de Slawka le había cubierto el rostro, definiendo sus actitudes y sus gestos a la perfección.

Sólo entonces Nusia tuvo la confianza suficiente para reencontrarse con los suyos.

15

Aquella mañana, mientras Claudia le peinaba el largo cabello y con él tejía dos trenzas perfectas, Slawka dijo que después de clase estaba invitada a casa de una de sus compañeras de estudio.

—Diviértete —dijo Claudia, anudando los dos lazos en los que acababan las trenzas—, es bueno que tus amigas sean ucranianas como tú.

—Gracias, tía —dijo Slawka y besó a su madre adoptiva.

—Ve, que se hace tarde.

Slawka tomó el tranvía y se dirigió a la escuela. Pasó la mañana estudiando fechas de batallas, nombres de próceres y libros escritos por ucranianos. Luego, cuando sonó el timbre de salida, salió junto a los demás niños. Esta vez rechazó la invitación de una de las chicas diciendo que debía regresar a su casa más temprano que de costumbre. Se despidió de sus amigas y se alejó de la escuela a pie.

Caminó durante más de una hora tratando de recordar cuál de todos los edificios de Varsovia era el que buscaba. Cuando al fin lo encontró, entró y subió las escaleras hasta el segundo piso. Estaba nerviosa. Temía que alguien la viera, pero las ganas eran más grandes que su temor. Llamó dos veces. Desde adentro, alguien preguntó quién era.

—Irene, soy yo, Slawka.

—¿Quién?

La puerta se abrió y ella volvió a sorprenderse con la cabellera rubia de su prima Eva.

—Nu... —comenzó a decir Eva, pero se retractó en el acto—: Stanislawa...

Entraron al departamento. En la sala, la polaca Kurchiska estaba sentada frente a una radio encastrada en un bello mueble de madera. Al sentir los pasos, se volvió y preguntó:

—¿Quién es ella?

—Es Stanislawa, mi prima. Es huérfana.

—Esta ciudad se ha llenado de huérfanos. Pobres niños —dijo Kurchiska.

Se alejaron deprisa de la sala y entraron a la parte del departamento que ocupaban Irene y Roman. Roman leía un periódico, y Nusia tuvo la sensación de que su primo había quedado en la misma posición desde que ella lo había visto al llegar a Varsovia.

—Cuéntame, ¿dónde vives? ¿Sigues en el orfanato? —preguntó Irene, tomando una mano de su prima.

—No, me ha adoptado una familia ucraniana. Vivo en las afueras de la ciudad.

—Qué alegría, Nu..., pero dime, ¿tú no te llamabas Stanislawa? ¿Qué es eso de Slawka?

—A mi madre adoptiva no le gusta mi nombre, por eso me llama así. ¿Sabes algo de Fridzia?

—Pronto vendrá a Varsovia.

—¿Y mi madre? ¿Y papá?

—Siguen en Lwow. Los muchachos que nos consiguieron los documentos nos traen noticias de ellos.

—¿Necesitas algo?

—Sí. De día no salgo a la calle por miedo a que se den cuenta de que soy judía...

—¿Quién?

—No lo sé, los vecinos, la gente de la calle...

—¿Y qué haces aquí dentro?

—Espero que anochezca. Entonces puedo salir una hora, hasta el toque de queda. Pero cuando salgo las tiendas ya han cerrado y nunca llego a tiempo para comprar comida.

—Puedo comprarla yo, si quieres. A mí nadie me detendrá.

—Entonces también puedes retirar las cartas que nos envían de Lwow —dijo Roman, y volvió a concentrarse en la lectura.

Nusia se alegró de poder ayudar a sus primos en algo. Tomó la lista y el dinero y salió en busca de todo lo que necesitaban.

Llegó a casa de Claudia al atardecer, y apenas entró le inventó todas las anécdotas que supuestamente había vivido esa tarde con sus amigas del colegio. Claudia creyó cada una de sus palabras, tanto que Slawka se avergonzó de mentir con semejante descaro. Sin embargo, esa era la única forma de sobrevivir sin perder el contacto con su familia.

Cenaron juntas, y luego del toque de queda se marcharon al cine a ver una película alemana mientras los polacos y los judíos estaban encerrados en el gueto, en escondites secretos o en sus propias casas.

Desde aquel día, Slawka se convirtió en los ojos y las manos de sus primos confinados al encierro. Primero iba a la escuela; luego, cuando terminaban las clases, se dirigía a casa de ellos e Irene le entregaba dinero y una lista con los productos que necesitaba. Slawka recorría las tiendas y compraba todo lo que le pedían. De regreso, en la planta baja del edificio, revisaba el buzón que les correspondía a sus primos y recogía las cartas.

Regresaba con los sobres y la bolsa de la compra y le entregaba todo a Irene, que la abrazaba con agradecimiento. Mientras su prima acomodaba la compra, le preguntaba qué había visto en las calles.

—Lo mismo que ayer —respondía Slawka—: soldados, gente...

—¿Pero no has oído ningún rumor? —preguntaba Roman.

—No...

Roman a veces golpeaba la mesa con violencia.

—¿Cómo que no? La BBC dice que los Aliados están atacando a los nazis... ¿no has visto nada?

—No, Roman. Todo sigue igual que ayer.

—¿Y has visto el gueto?

—Sí, sólo por fuera.

—Ayer mataron a doscientas personas.

—¿Estás segura?

—Es lo que dicen...

Cuando llegaba la hora, Slawka se incorporaba diciendo:

—Debo marcharme. Claudia no tiene que enterarse de lo que estoy haciendo.

—¿Mañana vendrás? —preguntaba Irene.

—Sí, vendré —contestaba ella, colocándose el abrigo ante la mirada triste de sus primos.

—¿Seguro?

—Vendré.

Los domingos, Claudia y Slawka se levantaban temprano y juntas se marchaban a misa. Slawka se bajaba en la estación más cercana a su iglesia, y Claudia continuaba hasta el otro lado del Vístula. Si bien debía cuidarse de que nadie sospechara de ella, se sentía segura. Sólo la asustaban los muros del gueto, que siempre le resultaban oscuros, misteriosos. A veces, después de misa, mientras los demás fieles se marchaban y Claudia la esperaba en el otro lugar, ella se quedaba un largo rato observando los muros y la puerta buscando algo, no sabía qué, que le confirmara o refutara todo lo que Irene decía. Sin embargo, los altos muros del gueto evitaban que los de afuera pudieran ver cosas inapropiadas.

Desde la iglesia, además de los muros, ella podía ver una especie de puente que se alzaba sobre la calle Chtodna y comunicaba las dos partes del gueto. Por allí a veces se veían hombres y mujeres, nunca niños ni ancianos, que arrastraban los pies con abatimiento. Entonces ella entornaba los ojos, como si eso le permitiera ver con más detalle la escena. Quizá esperaba ver algún asesinato o algún judío muerto de hambre y frío, o algún amigo de Lwow, algún familiar suyo…; cualquier certeza era mejor que las anécdotas que oía. Aunque, después de lo que había visto en Lwow, podía imaginarse cosas peores.

A veces, al ver algún judío caminando temerosamente por la parte aria de la ciudad, de camino o de regreso de una fábrica, identificado con la estrella de David, Slawka no podía contener los recuerdos de Nusia, y lloraba a escondidas o simplemente se tendía junto al fogón de la casa y acariciaba al gato de Claudia pensando en su familia.

La otra familia, esa que la había adoptado, se limitaba a Claudia. Bezruchko seguía tan inalcanzable y frío como la heroica estatua que todos creían que era. Con su mujer hablaba poco y nada. Además de los años, en los últimos días había comenzado a notársele la arteriosclerosis que lo venía afectando desde mucho antes que Slawka lo conociera.

Claudia se angustiaba con la caída del héroe, y quizá por eso había decidido adoptar una hija. Tenía mucho afecto para dar, pero el general ya no podía devolverle el cariño. Por eso Slawka poco a poco se fue convirtiendo en su mano derecha, en la hija perfecta que nunca había podido tener.

Cuando cenaban, después de que el general se acostara, ella le indicaba cómo tomar los cubiertos, le enseñaba buenos modales, a comportarse en público y hasta la manera correcta de caminar. Todo el tiempo que Slawka no estaba en la escuela o en casa de sus primos, lo pasaba con Claudia. Cada día, antes de que la niña se marchara a estudiar, ella pasaba un largo rato peinándole los cabellos y con delicadeza le hacía unas trenzas de las que estaba orgullosa. Para entonces Nusia ya se había dado cuenta de que Claudia era una buena persona, y Slawka comenzaba a encariñarse sabiendo que esa mujer no sólo la estaba salvando de una muerte segura sino que también le estaba dando el cariño y los cuidados que sus propios padres no le podían dar.

Así que cuando Claudia le anunció que debía tomar la primera comunión, Slawka lo aceptó sin hacer preguntas. Ni siquiera sabía en qué consistía el ritual. Lo supo un domingo por la mañana, cuando Claudia la vistió de punta en blanco con ropas de encaje y un rosario.

—Eres hermosa —dijo Claudia, al contemplarla así vestida.

Al verse reflejada en el espejo, Nusia no se encontró. Sin embargo Slawka ya era el modelo perfecto de niña católica. Ese día, hasta el general se dignó a dirigirle la palabra:

—Slawka, felicidades —le dijo, entregándole un billete antes de regresar la vista a su mapa.

Claudia la tomó de la mano y se marcharon a la iglesia ortodoxa. Slawka se ubicó junto a los otros niños que esperaban sentados en uno de los bancos del frente. Detrás suyo, Claudia y las otras madres elogiaban las ropas de los niños y conversaban sobre los avances de la guerra. Mientras la misa comenzaba, los niños comentaron:

—Siempre quise comer una hostia.

—Es el cuerpo de Cristo.

—Mi hermano me ha dicho que la hostia es fea.

—Horrible, y se te pega en el paladar y a veces te hace vomitar.

Fue una de las misas que más padeció. Las lecturas de la Biblia no acababan nunca, y las palabras del sacerdote la confundían más que otras veces. Hasta el perfume del incienso, que siempre disfrutaba, ahora le resultaba asfixiante y le provocaba náuseas.

Al fin llegó el momento. Todos los niños formaron una larga fila que se perdía por el pasillo central y acababa en el sacerdote que, delante del altar, sostenía un plato dorado cargado de hostias. A medida que los niños pasaban y ella se acercaba, comenzó a ponerse nerviosa. Le costaba caminar. A sus espaldas, Claudia le arrojaba besos y le indicaba que se acomodara los pliegues del vestido blanco.

Cuando estuvo frente al sacerdote, Nusia no supo qué hacer. Slawka cerró los ojos con espanto. Abrió la boca como había visto que hacían los otros niños y el sacerdote depositó una hostia sobre su lengua. Slawka cerró la boca y regresó a su banco.

Durante el resto de la ceremonia permaneció con la boca cerrada, temiendo que, por alguna razón inexplicable pero inevitable, todos los ucranianos que la rodeaban se dieran cuenta de que era judía.

Cuando terminó la misa y salió a la calle, Claudia corrió a saludarla. La abrazó y la besó en las mejillas, orgullosa. Slawka sonrió brevemente y comenzó a caminar hacia el Vístula con un gesto extraño. Mientras se alejaba, oyó que Claudia le decía a una de las mujeres:

—Mírala. Tan callada, tan respetuosa.

Alcanzó el puente antes que el resto de los feligreses. Se apoyó en la baranda, y comprobó que estaba sola. Entonces abrió la boca y escupió la hostia al río. Después respiró, profundamente aliviada.

16

Al llegar el verano, Slawka y los demás niños ucranianos de su escuela cambiaron las aulas por un hermoso club social con sede en una pequeña playa a orillas del Vístula. Llegaban por la mañana, y se pasaban el día nadando y jugando en el río hasta la hora del almuerzo. De a ratos podían oír estruendo de los disparos que se producían en el gueto y que asustaban a las palomas que descansaban en la orilla.

Con el paso de los meses, Slawka había afianzado sus nuevas amistades. Sus amigas eran hijas de otros militares ucranianos que, como Bezruchko, esperaban que Hitler cumpliera su palabra.

Después de almorzar, algunos días se marchaba a casa de las niñas para continuar con sus juegos. Otras veces, se despedía de ellas con falsas excusas y se acercaba a casa de Irene y Roman.

Al verla llegar con el cabello mojado y las mejillas bronceadas por el sol, sus primos se quedaban sin palabras. Nusia también, porque por más que estuviera cumpliendo su papel de niña ucraniana para poder salvarse, la avergonzaba la situación privilegiada que estaba viviendo.

Siempre que entraba a la casa preguntaba lo mismo:

—¿Vendrá Fridzia?

—Aún no —decía Irene, con el mismo tono ausente que empleaba por aquellos días. Luego, con un brillo de juventud en la mirada, preguntaba—: ¿Cómo está el río? ¿Has nadado mucho? ¿Quema el sol?

Roman, en cambio, no encontraba nada bueno para rescatar. Luego de un año de encierro, su rostro se había vuelto ceniciento como el de un cadáver. Sólo recuperaba el color cuando Nusia le decía que había visto a su hermana Lesia.

—Ha ido a nadar...; vive en casa del general Tadiski. Soy amiga de la hija, y sin que se diera cuenta le he preguntado cómo estaba la chica que vive con ellos y me ha dicho que está bien.

—Lesia...

De pronto, desde la calle se oyeron gritos y algunos disparos.

—Otra matanza.

Slawka rió.

—No, hoy es el día de Petliura, y los ucranianos están festejando —dijo.

—Cierto que ahora eres ucraniana —dijo Irene con una sonrisa.

—Habrá una reunión en casa del general y debo llegar a tiempo.

—¿Harás nuestras compras?

—Por supuesto.

Después de entregarle las compras a Irene, Slawka tomó el tranvía de regreso a su casa. Claudia estaba radiante. Preparaba platos con recetas ucranianas, acomodaba la vajilla y no dejaba de hablar.

—Cuando los oficiales de la Gestapo se enteraron de que los

compañeros de Marko vendrían a cenar, pidieron ser invitados. ¿Te imaginas? Los alemanes desean comer en nuestra casa.

Slawka asentía. Nusia no dejaba de pensar. Al fin, se cambió sus ropas de calle por el vestido más bello que tenía, se peinó y apareció en la cocina para buscar la aprobación de Claudia. Al verla, su madre adoptiva dejó todo lo que estaba haciendo para contemplarla con detenimiento.

—Eres hermosa. Dentro de pocos años, los alemanes querrán casarse contigo. Pero antes deben conocerte.

Poco a poco, la casa se fue llenando de oficiales ucranianos y alemanes vestidos con sus ropas de gala. Al entrar, saludaban a Claudia y se dirigían al estudio de Bezruchko, que señalaba a Slawka diciendo:

—Ella es Slawka, una huérfana ucraniana que vive con nosotros.

Durante horas, ucranianos y alemanes se dedicaron a beber vodka y hablar de los avances de la guerra. Sólo los alemanes hablaban de los judíos. Para los ucranianos aquello era un tema menor. En los meses que llevaba con ellos, Slawka nunca había oído a Claudia ni a Marko hablar mal de los judíos. Era como si no existieran, o como si su aniquilación fuera un efecto colateral de aquella guerra que, tanto para ellos como para el resto de los ucranianos, sólo tenía como objeto vencer a Stalin y recuperar el país que les habían quitado los bolcheviques.

Coroneles y generales rodeaban a Bezruchko y lo escuchaban con atención, mientras Marko contaba anécdotas de los tiempos en que cabalgaba con Petliura por Galitzia, atormentando a los judíos y a los rusos. Slawka oía todo escondiendo el miedo detrás de una sonrisa que, al verse en el espejo, le resultó falsa, idiota, pero muy creíble.

Nadie desconfiaba de ella.

Incluso le hacían cumplidos que le causaban una mezcla de vergüenza y satisfacción. Cada vez que llegaba un oficial joven, Claudia le presentaba a Slawka diciendo:

—Ella es Slawka.

—Eres una niña hermosa.

—Gracias.

—Será una gran mujer y una madre cariñosa —presagiaba Claudia, llena de orgullo.

Mientras tanto, Bezruchko, rodeado de un corro de aduladores, alentaba a los alemanes a continuar con su misión liberadora con una energía renovada por el vigor de su propio pasado.

Dos meses más tarde, al llegar de la escuela, Slawka encontró una pequeña nota pegada en la puerta del departamento. En ucraniano, la nota decía: «Marko tuvo un ataque. Estoy en el hospital. Pídele la llave a la señora Janina».

Confundida, asustada, Slawka llamó a la puerta de la vecina, que ocupaba otro de los departamentos de aquel piso. Al abrir, la mujer la miró con un gesto serio.

—Pobre niña. Aquí tienes... —dijo entregándole las llaves.

Slawka le dio las gracias y entró al departamento de Bezruchko. El gato se acercó maullando y se frotó contra su pierna derecha. Slawka lo alzó en brazos, le acarició la cabeza y volvió a dejarlo en el suelo.

Sobre la mesa de la cocina encontró un par de tazas con té frío y unos bocadillos a medio comer. Claudia debía de haber salido deprisa y corriendo. Durante más de tres horas, Slawka esperó sentada en la sala. Temía por el general, pero más temía por Claudia, que debía de estar desesperada por la salud de su marido.

Cuando su madre adoptiva entró, Slawka pudo ver su rostro solemne completamente reblandecido, como si acabara de comprender que su marido no era de bronce, como la estatua que ella adoraba. Al verla, Slawka se incorporó y fue a abrazarla. Claudia la retuvo durante unos segundos entre sus brazos.

—Marko ha sufrido una apoplejía.

—Lo siento.

—Lo sé, hijita. Gracias.

—¿Qué es una apoplejía?

—Se le ha paralizado el cuerpo. Está internado, inconsciente. Es una injusticia.

—Ya mejorará —dijo Slawka, sin mucho convencimiento.

—No. Ha quedado paralizado. Ya no volverá a moverse, ni a hablar.

Claudia se bañó, se cambió de ropa y guardó algunas prendas de Marko en una pequeña maleta. Comieron en silencio, las dos, intercambiando monosílabos. En el rostro de Claudia las lágrimas habían tallado dos surcos que no se borraron ni con el baño ni con el sobrio maquillaje que usaba.

Al fin se incorporó, besó a Slawka y dijo:

—Pasaré la noche con él, en el hospital. No puedo dejarlo solo.

—No te preocupes —dijo Slawka, y aunque era la primera vez que la tuteaba, Claudia pareció más agradecida que sorprendida por aquel pequeño gesto de intimidad que su hijastra le ofrecía.

17

Slawka ya no necesitaba inventar excusas para ausentarse de casa. Claudia pasaba el día y la noche junto a su marido, en el hospital, y sólo regresaba para comprar comida o para descansar durante algunas pocas horas. Después se marchaba, y Slawka quedaba libre para visitar a sus primos, a sus amigas o bien para caminar por Varsovia tratando de descubrir los pesares de la guerra que ella vivía de lejos, bajo el manto protector de su nueva familia ucraniana.

Un día, al llegar a casa de Irene y Roman y llamar a la puerta, la recibió el oficial de la Gestapo que era amante de Kurchiska. Nusia sabía de él, y cada vez que iba allí temía encontrarse con el hombre. Sin embargo, al verlo en mangas de camisa en el vano de la puerta, Slawka inclinó levemente la rodilla con naturalidad, con un gesto de gracia y respeto que iluminó el rostro del nazi.

—¿A quién buscas, niña? —preguntó.

—A la señora Irene.

—Ven, pasa —dijo el alemán apartándose de la puerta.

Slawka entró al departamento. Sentada a la mesa de la sala, Kurchiska bebía vodka con un juego de naipes en la mano.

—Al fin una niña educada entre tanto ignorante —dijo el alemán.

—Gracias —dijo Slawka.

—Ven, siéntate y acabemos la partida —le dijo Kurchiska al hombre.

Slawka se alejó por el pasillo y llamó a la puerta del cuarto de Irene y Roman. Abrió Roman, algo que nunca ocurría.

—Ah, eres tú.

—Sí, Roman. ¿Qué ha pasado?

—¿Por qué lo preguntas?

—Estás llorando.

De pronto Roman pareció recobrar la conciencia. Se pasó el puño de la camisa por los ojos y le indicó a Slawka que entrara. Sin prestarle atención, Roman se acercó a la ventana y miró lo que ocurría en la calle. Slawka notó que estaba sucio, desarreglado, y que apenas si podía mantenerse en pie. Durante unos segundos pensó en marcharse, pero al fin apareció Irene y se acercó para abrazarla.

—¿Qué ha pasado? —le preguntó Slawka en voz baja.

—Siéntate.

Ambas se sentaron. Roman, ausente, seguía buscando algo en la calle.

—Han detenido a Wilek.

—¿El hermano de Roman?

—Sí. Lo han detenido a él y a Imek, su primo. Los han enviado a la cárcel de Paviak.

—Primero mataron a mi cuñada, y ahora vendrán a buscarnos a nosotros… —dijo Roman.

—¿Tu cuñada?

—Sí —dijo Irene—, a la mujer de Wilek la detuvieron poco después de que llegáramos a Varsovia.

—¿Y por qué no me has dicho nada? —preguntó Slawka.

—Si tuviera que hablarte de cada muerto que cae, no me quedarían fuerzas para nada —dijo Roman, irritado.

—La mujer de Wilek y yo llegamos juntas a Varsovia. Pero la detuvieron poco después y no volvimos a saber nada de ella —dijo Irene.

—Está muerta. Como lo estaremos nosotros —dijo Roman.

—Roman, no sigas.

—¿Prefieres negarlo? Mi hermano y mi primo saben dónde nos escondemos. Si los torturan dirán nuestros nombres, nuestra dirección y nos convertiremos en cenizas como todos los demás.

Roman se acercó a la mesa y se sentó, o mejor dicho, se dejó caer. Parecía incapaz de mover su propio cuerpo. Suspiraba, lloraba y se sobresaltaba sin dejar de mirar la puerta. Slawka intentó decir algo, pero no le salieron las palabras.

—No te asustes, Nusia —dijo su prima, y el sonido de aquel nombre lejano, de aquella vida que le habían quitado, a Slawka le devolvió algo, quizá un poco de confianza.

—Si Wilek habla, estamos perdidos —dijo Roman, sosteniéndose la cabeza con las manos.

—¿Y qué se puede hacer?

—Esperar. ¿Qué quieres que hagamos? ¿Ir a un baile con la Gestapo, como haces tú? —dijo Roman con violencia, pero inmediatamente tomó una mano de Slawka diciendo—: Perdona.

—Vete, Slawka. Si vienen a buscarnos, es mejor que no estés —dijo Irene, incorporándose.

—Pero ¿necesitan que compre comida? —dijo ella.

—No te preocupes. Nosotros te llamaremos cuando sepamos algo.

Slawka intentó despedirse de Roman, pero él estaba tan abrumado que apenas si la saludó moviendo una mano.

Besó a Irene y prometió llamarla.

Bajó las escaleras a uña de caballo, como si quisiera alejarse para siempre de aquella situación que vivían sus primos. Al subir al tranvía, un soldado ucraniano le pidió los papeles. Ella dijo ser hija adoptiva de Bezruchko, el soldado le pidió disculpas por la molestia y Slawka se sintió más tranquila.

Llegó a su casa entrada la tarde.

Claudia no estaba. En la mesa, una nota le decía que regresaría al día siguiente.

Tres días después, Irene la llamó para decirle que habían recibido una carta de Wilek.

—La ha enviado a través de unos espías de la resistencia. Nos ha dicho que no nos denunciará. Al menos podemos quedarnos tranquilos.

—¿Por qué?

—Los fusilaron esta mañana —dijo Irene, y ya no pudo seguir hablando.

Entonces alguien llamó a la puerta.

—Te llamo más tarde —dijo Slawka y cortó.

Al abrir se encontró con su vecina.

—Hola, Slawka —dijo la señora Janina.

La mujer llevaba el mismo delantal de cocina de siempre. Sin embargo, esta vez parecía algo nerviosa.

—¿Qué desea?

—¿Puedo entrar?

—Sí, por supuesto —dijo Slawka, confundida.

Janina entró y se quedó de pie en medio de la sala. Al fin, tras unos segundos de indecisión, dijo en voz baja:

—Slawka, tu tía tiene una radio, ¿no?

Slawka asintió.

—¿Me permitirías escuchar las noticias de la guerra? Es que los alemanes nos han quitado los aparatos de radio a los polacos.

—Si es lo que quiere... —dijo Slawka señalando la radio.

—Gracias, niña.

Inmediatamente, la mujer se acercó al aparato de radio y lo encendió. Estaba sintonizada una emisora ucraniana, aquella que treinta años atrás había relatado las andanzas de Bezruchko y Petliura por Galitzia, la misma que en 1941 había sido temporalmente prohibida por los rusos y que ahora, en 1942, tras la ocupación alemana, volvía a promover las ideas de una nación católica y anticomunista.

La señora Janina giró el dial hasta que la radio dejó de sonar. Con delicadeza, como si estuviera manipulando un explosivo, fue sintonizando distintas emisoras rusas, alemanas, francesas..., hasta que al fin pareció encontrar lo que buscaba. El locutor hablaba con resolución, explicando que los Aliados estaban dejándose la vida para vencer a los nazis. A Slawka le resultó extraño que alguien se animara a hablar así en Polonia.

—¿Qué emisora es? —preguntó.

La señora Janina la miró con complicidad.

—Es la BBC, el locutor es polaco y está en Londres.

Nusia tuvo que reprimir la sonrisa. Slawka, en cambio, bajó la mirada.

Un rato después, la señora Janina volvió a sintonizar la emisora ucraniana que oían los Bezruchko y apagó la radio.

—Todavía nos quedan esperanzas de que esto termine, Slawka —dijo la mujer con un extraño brillo en los ojos.

¿Por qué le decía eso? Mil veces Nusia había oído a su madre decir que los polacos tenían la habilidad de descubrir a los judíos. Era evidente que la señora Janina se había dado cuenta de que ella no era la huérfana ucraniana que decía ser. Sin saberlo, aquella mujer tenía su destino en sus manos.

Nerviosa, Slawka dijo que debía marcharse a casa de una amiga del colegio.

—Haces bien, Slawka.

Janina se alejó en dirección a la puerta, pero antes de salir dijo:

—No le cuentes a tu tía que he venido a escuchar la radio…

—No diré nada.

18

En enero de 1943, mientras Claudia soportaba la agonía de su marido en el hospital, Slawka visitó a su prima. Se sorprendió al ver que en la casa estaba Olek, uno de los primos de Roman, cuatro años mayor que ella. Era rubio, de ojos celestes, y llevaba ropas gastadas. No lo hacía por gusto. Desde su llegada de Lwow, Olek no había logrado encontrar un escondite y por eso vagabundeaba por las calles, protegido por su aspecto ario, durmiendo en cualquier parte.

—¿Qué ha pasado? —preguntó Slawka.

—Mi hermano le ha conseguido un refugio a tu madre y a mi suegra —dijo Roman.

—¿De verdad?

—Sí —dijo Olek—, lo he conseguido gracias a una polaca.

Nusia lo miró, asustada.

—¿La polaca sabe que eres judío? Te denunciará.

Olek sonrió con tristeza.

—No lo hará. Cuando le dije que era judío, ¿sabes qué dijo? «Pobres judíos, cómo los maltratan y mortifican...» Le dije que había dos señoras que deseaban venir a Varsovia a esconderse, y que tenían dinero. Ella prometió buscarles un escondite.

—¿Y Fridzia? —preguntó Slawka.

—Está segura en el campo. No te preocupes —dijo Irene.

—¿Y mi padre?

—Como siempre. Trabajando, a salvo. Lo importante es que mamá y la tía Helena vendrán pronto.

—¿Cuándo?

—Aún no lo sabemos...

—Alégrate. Volverás a ver a tu madre.

Esa noche, cuando Claudia regresó del hospital, Slawka la esperaba con la mesa servida. Claudia le agradeció el detalle con una caricia muda. La enfermedad del general Bezruchko le estaba quitando la energía, como si ella también estuviera muriendo lenta, inevitablemente. Antes de acostarse, Claudia le ofreció peinarle los cabellos. Slawka aceptó, pues hubiera hecho cualquier cosa con tal de levantarle el ánimo.

Juntas se dirigieron al tocador y Slawka se sentó frente al espejo para que su madre adoptiva, de pie, la peinara como lo había hecho antes de que su marido enfermara. Permanecieron allí durante una hora. Claudia deslizaba el peine por entre los cabellos de Slawka con los ojos extraviados en sus pensamientos, donde quizá Bezruchko estaba dejando de ser un héroe de bronce para convertirse en esa maraña de huesos y carne decadente que se apagaba día a día. Y, con los ojos de Slawka cerrados, Nusia volvía a emerger, soñando, imaginando que las manos que la peinaban eran las de su madre, que estaba camino de Varsovia.

Semanas más tarde, Irene llamó para decirle que su madre quería verla. Slawka guardó silencio. A los trece años, Slawka y Nusia podían adivinar el peligro con tan sólo imaginarse una escena. Y aquel reencuentro con su madre le generaba tantas alegrías como temores. Al fin, luego de pensarlo, no pudo hacer otra cosa que ceder ante sus sentimientos.

—Iré a verla. Dile que mañana por la tarde estaré en su casa.

—¿Y qué le dirás a Claudia?

—Eso no es un problema.

Colgó con una sensación extraña.

Esa noche, en la cena, le dijo a Claudia que al día siguiente se quedaría a dormir en casa de una amiga de la escuela.

—Haces bien. No me gusta que te quedes sola. Hoy en día no se puede confiar en nadie —dijo Claudia.

Slawka sintió una oleada de piedad que le estremeció el cuerpo.

—¿Cómo está el general? —preguntó, menos por interés que por solidaridad.

—Se apaga. Poco a poco, se apaga —dijo Claudia, apretando los dientes con furia.

Al día siguiente, al despertarse, Slawka se vistió rápidamente y preparó el desayuno. Estaba tan nerviosa que derramó el té sobre la mesa. Le temblaban las manos, le costaba pensar. Lo único que le importaba era ver a su madre, tocarla. Como si eso bastara para recordar ese pasado y esa familia que había sabido tener hacía tiempo.

En la escuela le resultó imposible concentrarse en nada. Si alguien le dirigía la palabra, se sobresaltaba. Al fin, cuando sonó la campana y sus amigas se acercaron para proponerle pasar juntas la tarde, ella se excusó diciendo que iría a visitar a Bezruchko al hospital y salió de la escuela caminando lo más rápido que pudo. En la estación, subió a un tranvía y se dirigió al barrio donde su madre y su tía Ruzia vivían escondidas con nombres falsos.

Durante el viaje volvió a experimentar todos los miedos de los que se había librado desde que fuera adoptada por los Bezruchko. Miraba a los demás pasajeros con desconfianza, como si todos supieran adónde se dirigía y cuál era su verdadera identidad.

Bajó del tranvía y se echó a andar. Sólo debía caminar tres cuadras. En una calle descubrió manchas de sangre en una pared. Debajo de las manchas, alguien había improvisado un pequeño altar con cruces y velas encendidas. Entre las velas había una pequeña bandera polaca manchada de hollín. Pronto, los nazis vendrían a destruir ese altar y apresar a los polacos que se encontraran junto a él. Y sin embargo Slawka no podía alejarse. Miraba las manchas de sangre, las velas, la bandera, y pensaba que si cada familia dedicara un altar a sus muertos, Polonia y Europa se quedarían sin velas. El mundo se había convertido en un cementerio oscuro profanado por los nazis.

Cuando vio que se acercaba una patrulla de las SS se echó a correr. Sólo se detuvo al ver el edificio que buscaba. Con miedo, con alegría y ansiedad, entró y subió las escaleras saltando.

Llamó a la puerta, y la atendió una mujer alta y rubia, un modelo perfecto de polaca. Tan perfecto que incluso pareció descubrir a la niña prófuga que se escondía detrás del disfraz de perfecta ucraniana.

—Tú debes de ser Nusia… —dijo la mujer.

Entonces detrás de la puerta se oyó un gemido. La puerta se abrió de par en par para mostrarle a su madre con el rostro surcado de lágrimas.

—Nusia —dijo.

Se abrazaron con fuerza, como si más que tocarse buscaran fundirse una con la otra.

Helena le palpaba el rostro, la abrazaba y volvía a alejarla para mirarla con detenimiento.

—Cómo has crecido —decía su madre, sin dejar de llorar.

—Señora, es mejor que entren... —dijo la polaca, que no dejaba de mirar las escaleras por temor a que alguien escuchara.

—Ven, entra —dijo Helena, tomándola de la mano.

Nusia también lloraba. De pronto, la presencia de su madre le había mostrado la magnitud de las desgracias que venían soportando desde la llegada de los alemanes. Sin embargo, al entrar y descubrir lo que la esperaba, se olvidó de sus pesares y se echó a reír.

—¿Qué haces, tía?

Sentada en una silla, Ruzia tenía un pañuelo atado y colocado exactamente entre el puente de la nariz y la coronilla. La punta de su nariz aguileña, presionada por el pañuelo, se elevaba un centímetro hacia arriba.

—Si debo fingir ser polaca, tengo que tener una nariz polaca. Y las polacas tienen la nariz respingona —dijo su tía seriamente, tocándose la punta de la nariz—. Hasta que no me cambie la nariz, no pienso quitarme el pañuelo.

Nusia y su madre soltaron una carcajada.

—Y te has teñido el cabello... —dijo Nusia.

—Haré todo lo posible para parecer polaca.

—Entonces deberías tomar clases de dicción, porque esa erre que pronuncias es más judía que la Torá —dijo Helena, y las tres se echaron a reír.

Poco a poco, comenzaron a hablar de lo que unas y otra habían vivido durante el tiempo que habían pasado separadas. Helena estaba ansiosa. Su llegada a Varsovia le resultaba un buen presagio: Fridzia llegaría de un momento a otro.

—¿Y ahora dónde está? —preguntó Nusia.

—En el campo, en casa de un polaco. Tu padre me ha dicho que está bien, que no puede comunicarse con nosotros pero que pronto dejará Lwow para venir a Varsovia.

—¿Y papá? —preguntó Nusia, aunque no estaba segura de querer oír la respuesta.

—Está bien. Trabajando para los nazis. Con buenos contactos, como siempre.

En ese momento, la tía Ruzia se incorporó y alzó un dedo para llamar la atención de su hermana.

—Helena, es la hora.

—Empecemos —dijo Helena.

Las dos se acercaron a una ventana y, con voces enérgicas, casi a los gritos, comenzaron a rezar el padrenuestro. Nusia las miraba asombrada y confundida. Cuando terminaron, preguntó:

—¿Para qué es eso?

—Para que nos oigan los vecinos. ¿O acaso no somos católicas?

En la Primera Guerra Mundial, su madre y su tía se habían escapado de los cosacos y se habían refugiado en Viena. Veinticinco años después, volvían a compartir una trinchera con el único objetivo de sobrevivir. Su afán por aparentar ser polacas a Slawka le resultó tan ridículo como desesperante. ¿Y si las descubrían? ¿Y si alguien notaba que su tía pronunciaba la erre como una judía?

—No te preocupes, Ruzia no sale a la calle.

—¿Y cómo consiguen comida?

—Salgo yo —dijo su madre—. Siempre llevo los papeles conmigo. Si me detienen los ucranianos o los polacos, les enseño unos papeles que dicen que soy *volksdeutsche*, y sólo les hablo en alemán. Y si me detienen los alemanes, muestro los papeles de polaca y sólo hablo polaco. A veces no sé ni quién soy...

Nusia sonrió, feliz por haber recordado quién era ella verdaderamente. Sabía que no podría ver a su madre con frecuencia, que pasaría mucho tiempo hasta volver a encontrarse con ella, pero en ese momento eso le importaba poco y nada. Tan sólo quería disfrutar del encuentro.

Después de cenar, se acostó en la misma cama que su madre. Durante unas horas, conversaron en voz baja sobre Fridzia, su padre, Lwow. Poco a poco, Nusia fue cediendo al cansancio y olvidando los nervios y las preocupaciones. En brazos de su madre, con la cabeza apoyada en el pecho que la había cobijado desde que tenía memoria, su cuerpo fue perdiendo peso hasta convertirse en nada, apenas una pluma de un pájaro pequeño que flotaba en el aire y volaba hacia el pasado, a Lwow.

19

Un día, mientras viajaban en tranvía hacia sus respectivas iglesias, Claudia dijo:

—No entiendo cómo estos polacos ignorantes no aceptan a los alemanes. Si los dejaran hacer, si confiaran en ellos, Polonia sería más importante de lo que es.

Por la ventanilla, patrullas de las SS detenían a los vagabundos que se movían por la ciudad. Claudia señalaba a los alemanes con alegría. Aquella devoción que sentía por los alemanes a Slawka la divertía.

—¿Cómo quieres que los acepten, si los alemanes matan a los polacos...? —preguntó la chica.

Claudia la miró con sorpresa.

—¿Qué dices, Slawka? ¿No te gustan los alemanes?

—Sí, por supuesto —se apuró en responder Slawka.

Claudia guardaba silencio, y la miraba con intriga. Slawka sintió que el corazón se le aceleraba. La sola idea de que sus palabras hubieran despertado la desconfianza de Claudia le dio pavor. Quizá por eso dijo:

—Una amiga de mi pueblo está de novia con un alemán.

Los ojos de Claudia se encendieron, y Slawka redobló la apuesta.

—Es un hombre de la Gestapo. Guapo, inteligente...

—Quiero conocer a tu amiga y a su novio —dijo Claudia.

Al día siguiente, cuando Claudia se marchó al hospital, Slawka llamó a Irene. Su prima supo que estaba en problemas con sólo oírla.

—No te entiendo, Slawka, habla más despacio. ¿Qué ha pasado?

Slawka le contó la conversación con Claudia.

—Y ahora quiere que la lleve a tu casa para conocer al alemán —dijo después, riendo con nerviosismo.

—Estás loca —dijo Irene. Y agregó—: No puedo creer lo arriesgada que eres.

—Tienes que ayudarme o Claudia sospechará que todo es mentira.

Irene guardó silencio durante unos segundos y al fin dijo:

—No te preocupes. Ya lo arreglaré.

En ese momento llamaron a la puerta. Slawka se despidió de Irene y cortó. Al abrir se encontró con la sonrisa de Janina.

—¿Escuchamos las noticias?

Pasaron los días. Su madre la llamaba regularmente, y siempre le hacía las mismas preguntas:

—¿Cómo estás? ¿Sabes cuándo llegará Fridzia?

Pero Slawka sólo podía responder por ella. Estaba bien, sobrevivía, pero de Fridzia no sabía nada. Irene no tenía noticias nuevas de ella.

Claudia también le hacía preguntas que ella no podía responder, y la obligaba a inventar excusas para posponer el encuentro con su supuesta amiga y su novio de la Gestapo. Al fin, un mes más tarde, mientras visitaba a Irene, esta le dijo:

—Llegó el día de que Claudia conozca a tu amiga polaca.

—¿Cómo?

—Tráela cuando anochezca.

—¿Y el alemán?

—No te preocupes por nada.

Slawka tomó el tranvía de regreso a su casa y allí se encontró con Claudia, que había ido a cambiarse de ropa. Hacía tres días que no dejaba el hospital esperando que Bezruchko muriera. Sin embargo, cuando Slawka le propuso ir a visitar a su amiga y a su novio alemán, Claudia suspiró, aliviada.

—Me hará bien distraerme un poco. Además, quiero conocer a ese oficial. Quizá tenga algún amigo que pueda presentarte…

—Lo que tú digas —respondió Slawka, que no sabía si reírse o llorar y confesar todo.

Claudia se dirigió al cuarto a cambiarse de ropa. Al verla salir, Slawka admiró su belleza aristocrática: vestida con un traje gris y una estola de visón, sombrero con tocado y zapatos perfectamente lustrados, parecía haber recuperado la juventud. Hasta se había puesto colorete.

—¿Vamos, Slawka? No debemos hacerlos esperar…

Cuando se subieron al tranvía, Slawka comprendió que estaba cometiendo una locura.

Al llegar al centro, se apearon del tranvía y empezaron a caminar. Excitada, Claudia caminaba deprisa y de a ratos se detenía para esperar a Slawka, que intentaba retrasar la llegada y así evitar el desenlace. Finalmente llegaron al edificio de Irene y Roman.

Entraron.

Subieron las escaleras.

Slawka quería salir corriendo y alejarse de todo, de Irene, de Claudia. En cambio, llamó tres veces a la puerta. Cuando Irene abrió, batió las palmas fingiendo sorpresa.

—Slawka, al fin conoceremos a tu madre adoptiva. Adelante...

Claudia y Slawka entraron a la sala. Roman no estaba, seguramente estaría escondido en su cuarto, preso de los temores que lo dominaban noche y día. La dueña tampoco estaba. Del alemán no había más rastro que su uniforme colgado en una percha. Eso fue lo primero que Claudia vio.

—Su novio...

—Sabrá disculparlo. Ha tenido que presentarse a una misión especial.

Claudia alzó las palmas de las manos con un gesto comprensivo.

—Entiendo, por supuesto. Ellos están haciendo todo lo que pueden para librar a esta tierra de comunistas y judíos —dijo.

Nusia y Eva se miraron. Slawka e Irene guardaron silencio. Mientras tanto, Claudia se había acercado a la percha que sostenía el uniforme de la Gestapo. Con delicadeza, como si se tratara de la mortaja de un santo, tomó la tela del pantalón entre las manos y acercó la nariz.

—Hasta huelen bien —dijo.

Durante poco más de una hora, Irene y Claudia conversaron sobre la supuesta vida que la primera llevaba junto a su novio nazi. Slawka no podía creer el descaro de su prima. Aunque, pensándolo bien, había sido ella misma quien había provocado aquella situación ridícula y apremiante. Y sin embargo, cuando llegó la hora de marcharse, Claudia dijo:

—Me tranquiliza que mi niña se rodee de gente como ustedes.

—Slawka se casará con un alemán. De eso estoy segura —dijo Irene, y Slawka tuvo que ocultar su risa fingiendo un repentino ataque de tos.

Al fin se despidieron de Irene y las dos volvieron a la calle. Mientras subían al tranvía, Claudia le dijo:

—Qué pena no haber podido conocerlo. ¿Volveremos otro día?

—Cuando quieras —mintió Slawka.

Al día siguiente, después de clase Slawka se dirigió a casa de Irene. Apenas se vieron, se abrazaron y se echaron a reír.

—Estás loca, prima, ¿te das cuenta de lo que hemos hecho? —dijo Irene llevándose una mano a la frente.

—Sólo tenías que mostrarle el uniforme. No hacía falta que inventaras todos los recuerdos, las salidas…

—¿La he convencido o no?

—Claro. Y dime, ¿qué sabes de Fridzia?

—No pienses en ella. Ya vendrá en algún momento. Piensa que tu madre adoptiva quiere casarte con un nazi. ¿Te imaginas?

Volvieron a reír, y sólo dejaron de hacerlo al ver a Roman derrumbándose sobre la silla.

—¿Qué le pasa? —preguntó Slawka.

—Ya no soporta el encierro y ha comenzado a beber.

Slawka lo miró con tristeza. Antes de la guerra, Roman había sido un excelente estudiante universitario, un hombre con futuro, decidido y arriesgado. Ahora estaba débil, y parecía tan frágil que Slawka temía que acabara consumiéndose en sus propios temores.

Aquella tarde, mientras ella conversaba con Irene, Roman se incorporó y se acercó a la ventana. De pronto, lo vieron golpear la pared con la cabeza, como si quisiera atravesarla.

—¿Roman? ¿Estás bien? —preguntó Irene.

—Nos matarán a todos —dijo Roman.

Irene se acercó hasta él. Tomándole una mano, le dijo:

—Nos salvaremos.

—No, moriremos —balbuceó Roman, borracho.

—Calla, Roman, que Kurchiska está ahí fuera —dijo Irene.

—Que venga. Quiero terminar con esto ahora mismo. Kurchiska —gritó Roman.

—Cállate —le dijeron Irene y Slawka a dúo.

Pero ya era tarde. La dueña de la casa estaba llamando a la puerta.

—Aquí estoy, Roman.

—Voy a confesarle algo, Kurchiska —dijo Roman.

Slawka e Irene se miraron, asustadas.

—Somos judíos, todos somos judíos —dijo Roman.

—¿Judíos? —preguntó Kurchiska con indiferencia.

—Sí —dijo Roman. Y señalando a su mujer y a su prima, agregó—: Yo soy judío, Irene es judía. Hasta la pequeña Slawka es judía.

La polaca los observó detenidamente a los tres. Irene y Slawka estaban pálidas. Con los ojos entornados, Kurchiska parecía estar buscando algún rasgo que sustentara la confesión de Roman. Pero al ver la botella de vodka, la mujer soltó una carcajada.

—Roman, usted siempre haciendo bromas. Deje de beber, que por gracioso terminará en manos de los alemanes —dijo, mientras salía del cuarto.

Cuando se quedaron solos, Slawka e Irene comenzaron a reír. Reían como locas, tanto que comenzaron a llorar.

20

En abril, la primavera llenó los jardines y los parques de coloridas flores que a Slawka le hicieron olvidar lo que estaba viviendo. Varsovia resplandecía, y la brisa tibia, el sol y el verdor de los árboles le quitaban dramatismo a los disparos, a las razias y a las patrullas de las SS y soldados ucranianos que recorrían la ciudad en busca de judíos y polacos.

Antes de visitar a sus primos, Slawka se demoraba dando largos paseos junto a sus compañeras de clase. Después de cuatro años de guerra, aquel contraste entre la ciudad primaveral y el oscuro encierro de sus primos a Slawka ya no le parecía una injusticia, sino una situación natural que no terminaría nunca.

Como la llegada de Fridzia, que se seguía postergando semana tras semana. Cada día, su madre la llamaba para preguntarle si tenía novedades, y Slawka debía telefonear a Irene para buscar unas respuestas que nadie, ni siquiera su prima, le podía dar. Una tarde, al entrar en casa de Kurchiska, Slawka vio que Roman estaba mejor que otras veces. Había vuelto a leer el periódico alemán que el oficial de la Gestapo llevaba cada día, y si bien las noticias eran desalentadoras, Roman había recuperado la esperanza.

—Los rusos se están rearmando. Alemania retrocede.

Slawka asintió en silencio. Apenas si lo había escuchado. No podía dejar de pensar en su hermana. La noche anterior, su madre la había llamado más desesperada que nunca, llorando por la suerte de Fridzia. Por eso, Slawka volvió a preguntarle a Irene si sabía algo de su hermana.

—Ven, siéntate —dijo.

Slawka se sentó. Con sorpresa, vio que su prima la tomaba de las manos. Se miraron. En los ojos de Slawka había curiosidad; en los de su prima, sólo tristeza.

—Tu hermana no va a venir —dijo Irene.

Inmediatamente, comprendió todo. No tenía nada que decir. Sólo quería escuchar el final de aquella historia.

—Poco después de que llegaras a Varsovia, tu padre le consiguió papeles de polaca. Eran los papeles del hijo de un amigo ferroviario del tío Rudolph. El polaco también le había conseguido refugio a Fridzia en casa de sus propios padres. Así que un día la fue a buscar a la fábrica y juntos se marcharon al campo. Pero en el camino una patrulla detuvo el carro en el que viajaban. Eran dos soldados. Uno alemán. El otro ucraniano.

—¿Cómo lo sabes?

—Tu padre me ha contado todo en las cartas que tú misma me has traído.

—¿Y qué más ocurrió?

—La patrulla le pidió los papeles, y Fridzia se los entregó. Al parecer, el alemán les dio la orden de continuar su camino. Pero el ucraniano no estaba dispuesto a dejarlos partir. Señaló a Fridzia y dijo que era judía. El alemán debía de estar cansado de tantas matanzas, porque le preguntó a su compañero qué le importaba que Fridzia fuera judía, si era joven, hermosa e inofensiva. Pero tú sabes cómo son los ucranianos, ¿no, Slawka?

Nusia bajó la mirada. Pensó que si en lugar de aquel soldado a su hermana la hubiera detenido Bezruchko, el desenlace habría sido el mismo, o incluso peor. Pero no dijo nada. Sólo quería escuchar.

—El ucraniano terminó deteniendo a Fridzia, y la condujeron al campo de Janowska. El polaco corrió hasta la fábrica para avisar a tu padre. Pobre tío Rudolph. Habló con las autoridades de la Gestapo de la fábrica, y los alemanes lo llevaron a Janowska para que pudiera rescatar a su hija. Habían pasado apenas dos horas desde la detención de Fridzia, pero ya era tarde. Tu padre se encontró con que la habían fusilado al llegar al campo. Esto pasó hace más de un año, pero tu padre nunca se animó a decírselo a la tía Helena. Le ha dicho que tu hermana está bien, que está escondida, se ha inventado mil excusas para no decirle que está muerta.

Sólo al oír la última palabra Nusia comenzó a llorar. Irene le acariciaba la mano lentamente.

—Lo siento, Nusia.

—Pero... ¿qué le diré a mamá?

—Lo mismo que tu padre. Que Fridzia está escondida. Si tu madre descubre la verdad, morirá de pena.

—Pero...

—No puedes hacer nada para cambiar el destino de Fridzia. Pero al menos puedes evitar que tu madre sufra. Dime que lo harás.

—Lo haré —dijo Slawka, acostumbrada a callar angustias y verdades.

El domingo siguiente Claudia la despertó para ir a misa. Se vistieron, desayunaron y se dirigieron a la estación. Allí se despidieron:

Claudia tomó un tranvía con destino al hospital, Slawka tomó otro que la llevaría a la iglesia. A medida que se acercaba al centro, notó una mayor presencia militar que otros días. Soldados ucranianos, lituanos y alemanes marchaban por las calles de Varsovia cantando canciones de guerra. A través de las ventanillas abiertas también llegaba el sonido de los disparos y un insoportable olor a quemado.

—¿Qué ha pasado? —preguntó Slawka a uno de los pasajeros.

—Están quemando a los judíos —dijo el hombre en ucraniano, aburrido.

Al llegar a la Ciudad Vieja, Slawka bajó del tranvía. Junto a ella pasó un pelotón de soldados ucranianos que reían y gritaban, excitados por el vodka de las botellas que se pasaban unos a otros. Se dirigían a una de las puertas del gueto. Desde el interior, lenguas de fuego se alzaban hacia el cielo soltando columnas de humo que envolvía las calles con un manto oscuro y putrefacto. Cuando los soldados se alejaron y se llevaron sus canciones, Slawka pudo oír el apagado grito de los moribundos que debían estar agonizando o escapando al otro lado de los muros del gueto.

Se detuvo en la puerta de la iglesia buscando aire puro. Pero era imposible. Toda Varsovia olía a carne quemada, a maderas y a pólvora. Los feligreses ucranianos contemplaban la destrucción del gueto desde las escalinatas de la iglesia con sonrisas y gestos de espanto.

De pronto, el repiqueteo de una campana anunció el comienzo de la misa. Poco a poco, los fieles fueron entrando a la iglesia. Y sin embargo Slawka no se movió. Estaba petrificada por el terror y la curiosidad. Con los ojos entornados, intentaba divisar entre el humo lo que ocurría dentro del gueto. No podía creer que aquello estuviera ocurriendo realmente. Pensó en su hermana, que había sido fusilada por los ucranianos. Pensó en su padre, abandonado a su suerte en Lwow. Pensó en ella, fingiendo ser una más de aquellos que estaban ayudando a los alemanes a destruir el gueto.

De a ratos, grupos de soldados y civiles pasaban frente a la iglesia corriendo y gritando como desaforados.

Al menos los judíos se defendían antes de perecer bajo el fuego. Y ella quería ver todo. Casi sin darse cuenta, caminó hacia los muros del gueto. Entonces, un soldado ucraniano le gritó:

—Sal de aquí, niña. ¿O quieres tomar un arma y disparar tú también?

Regresó a las escaleras en el mismo momento en que las puertas de la iglesia volvían a abrirse. A medida que salían, los fieles se iban deteniendo a mirar las llamas.

—Pobres judíos —dijo uno.

—Se lo merecen. Que los maten a todos de una vez —dijo otro.

Slawka los miró, hastiada.

Se alejó con una sensación de asco que la acompañó ese día y los siguientes. A veces corría al baño a lavarse la cara con frenesí porque creía seguir oliendo el perfume de la destrucción en la casa, en la escuela, en todos los sitios que visitaba. Pero para entonces las llamas ya se habían apagado, y el gueto, convertido en cenizas, era la imagen pura de la derrota.

21

Pocos días después de la destrucción del gueto, Irene llamó para decirle que Helena quería verla de nuevo. Nusia se alegró. Deseaba volver a ver a su madre, aunque tuviera que mentirle sobre Fridzia. Así fue que, a través de Irene, Helena y Slawka acordaron encontrarse.

Una tarde, Slawka tomó un tranvía cerca de su casa. Poco antes de llegar al centro, en la estación indicada, se asomó por la ventana. Helena estaba en el andén, y al ver a su hija subió al tranvía. Nusia la vio acercarse en silencio, y sentarse junto a ella. No se besaron, no se tocaron. Fieles a su plan, intercambiaron un breve saludo como si fueran dos desconocidas.

Cuando el tranvía comenzó a andar, su madre le rozó una rodilla con su mano derecha. Las dos se estremecieron. Luego, Helena volvió la cabeza en dirección a la calle para que su hija no la viera llorar. Poco a poco perdieron el miedo y por fin comenzaron a hablar. Reemplazaban los nombres de sus familiares por nombres de ciudades, y quien las escuchara podría creer que eran dos turistas recomendándose paseos y visitas por Polonia. Sin embargo ahí estaban, madre e hija, conversando sobre los ausentes, sobre los muertos, sobre los vivos que se empecinaban en sobrevivir. De a ratos, miraban a los demás pasajeros para ver si alguno desconfiaba, si alguien oía lo que decían. Pero nadie las miraba. Cada cual parecía inmerso en sus propias cavilaciones, desgracias o triunfos.

Hasta que llegaron ellos. Los dos alemanes subieron al vagón y a los gritos exigieron a los pasajeros que mostraran sus papeles.

—Sólo los alemanes pueden viajar en este vagón —dijo uno de los soldados.

Entonces Slawka se dio cuenta de que había cometido un error, pequeño, casi imperceptible, pero que le podía costar la vida. Ella y su madre viajaban en el primer vagón, dedicado exclusivamente a los alemanes. Los polacos debían viajar en los siguientes vagones.

Cuando se detuvieron frente a ellas, Helena se apuró en buscar los documentos que acreditaban su falsa identidad de *volksdeutsche*. Al entregárselos a los militares, con un coraje que a su hija le produjo admiración y miedo en partes iguales, Helena dijo en perfecto alemán:

—Soy alemana. ¿Yo también debo bajarme?

Los soldados contemplaron los documentos durante unos segundos. Después, uno de ellos dijo:

—No. Usted es alemana. Se merece viajar en este vagón.

A continuación, los soldados le pidieron los documentos a Slawka. Con temor, ella les enseñó sus acreditaciones de ucraniana.

—Abajo —le gritó uno de los soldados, señalándola.

Nusia y Helena se dedicaron fugaces miradas de desconsuelo. Luego, Slawka se incorporó, bajó del vagón y se unió al grupo de polacos detenidos, sin dejar de mirar el tranvía. No temía por ella. Estaba acostumbrada a mentir y enfrentar las razias convencida de que era ucraniana. Sin embargo, su madre estaba en peligro. Por querer verla una vez más, Helena ahora viajaba en aquel tranvía que se alejaba en dirección al Vístula rodeada de alemanes que podían descubrirla en cualquier momento.

Cuando el tren se marchó, Slawka miró la calle. En ese momento se dio cuenta de que los alemanes habían detenido el tranvía justo delante de una de las puertas de esa montaña de escombros y cenizas que alguna vez había sido el gueto. Ni siquiera quedaban los portones. Tan sólo el cartel que anunciaba la entrada al «área de epidemia», repleto de soldados ucranianos, alemanes y lituanos que recorrían las calles vacías en busca de los polacos de la resistencia para incautarles las armas y luego matarlos.

Slawka y los demás fueron conducidos contra una pared y allí debieron esperar una hora, custodiados por los soldados. La tarde caía sobre Varsovia, y la brisa se volvía fría, glacial. En medio de la confusión, Slawka trataba de descubrir a algún soldado ucraniano que la reconociera o, al menos, se asustara al oír el apellido Bezruchko. Pero todos los que la rodeaban parecían ser lituanos o alemanes.

Junto a ella, los soldados interrogaban, gritaban y golpeaban a los detenidos. Después de interrogarles, algunos eran liberados y otros conducidos dentro del gueto para que los demás no los vieran morir. Con desesperación, Slawka gritaba sin que nadie le prestara atención. Uno a uno, fueron desapareciendo los detenidos. Había anochecido. Era la última. Tenía hambre y frío. Se cerró el largo abrigo y se abrazó el cuerpo, buscando un poco de calor.

Cuando el soldado se acercó a interrogarla, Slawka suspiró aliviada al oírlo hablar en ucraniano.

—Señor, soy ucraniana, ¿puedo irme? —dijo Slawka, con la misma soltura con que, minutos antes, su madre había afirmado ser alemana.

El soldado la contempló con seriedad durante unos minutos y luego dijo:

—No, eres judía.

Slawka sintió que su rostro se enrojecía de furia.

—¿Qué quieres de mí? —le preguntó, y enseñándole sus papeles, dijo—: Aquí está mi identificación. Soy ucraniana, soy la hija de Bezruchko. Me marcho…

Antes de que diera un paso, el soldado la tomó del brazo con violencia.

—Judía, te quedas aquí.

—No soy judía —dijo Slawka y, abriéndose el abrigo para enseñarle el vestido típico ucraniano que Claudia le había comprado para la celebración a la que tenía que asistir, gritó—: ¿No ves que soy ucraniana?

Al ver el traje, el soldado dudó. Sin embargo, no parecía totalmente convencido.

—Bueno, hoy puedes marcharte.

Slawka se alejó a toda velocidad, movida no por el miedo, sino por una furia incontenible contra los ucranianos, los nazis y el mundo entero. Para entonces, Claudia la estaría esperando, quizá asustada, quizá desconfiando. Corrió por las calles vacías de Varsovia mientras sonaba el toque de queda. Al llegar al Comité Ucraniano, se presentó ante el portero diciendo que era la hijastra de Bezruchko. Al oír el apellido, el rostro del hombre se deshizo en un gesto de admiración.

Slawka se quitó el abrigo, se acomodó el vestido, las trenzas y entró al salón principal, decorado con esvásticas y banderas ucranianas que colgaban de las paredes. Mujeres vestidas de largo y hombres embutidos en trajes militares de gala, nazis y ucranianos, bebían, fumaban y conversaban amigablemente. Claudia estaba conversando con un comandante que varias veces había visitado a Bezruchko. Al verla, su madre adoptiva le preguntó:

—¿Por qué has llegado tan tarde?

Slawka intentó hablar, pero le costaba respirar.

—Slawka, ¿qué te ha pasado? —preguntó el comandante.

—Venía para aquí en un tranvía y me detuvo una patrulla —dijo Slawka, furiosa.

—¿Y eso? Seguro que al enseñar tus documentos... —comenzó a decir Claudia, pero Slawka la detuvo.

—Nada. Enseñé los papeles y me acusaron de judía.

Claudia se llevó una mano a la boca.

—Pobrecilla.

—¿Puedes creerlo? —insistió Slawka—. Yo, judía.

—Disculpa la confusión..., los alemanes no conocen a todos nuestros hermanos —dijo el comandante.

—No era alemán. Era uno de los nuestros —dijo Slawka, y entonces ya no pudo seguir hablando.

En ese instante el soldado que la había detenido entraba por la puerta principal del salón. De inmediato, la chica sintió una oleada de calor que le hizo arder la sangre, el rostro y las manos. Odió a aquel soldado tanto como si fuera el único responsable de todos los asesinatos que la venían angustiando desde el comienzo de la guerra. Ese cerdo había matado a su primo, a su tía, a Fridzia, y ahora quería acabar con ella. Pero Slawka no iba a permitirlo:

—Ese que está ahí. Ese fue el que me acusó de judía y me maltrató —dijo Slawka, señalando al soldado que acababa de entrar.

El comandante alzó un brazo y le ordenó al soldado que se acercara. Al ver a Slawka, el muchacho palideció. Pero ya era demasiado tarde.

—¿Fue él? ¿Estás segura? —le preguntó el comandante.

—Sí —dijo Slawka.

Entonces, el comandante descargó un golpe en el rostro del soldado que, sorprendido, cayó al suelo con la boca manchada de sangre.

—Animal —rugió el comandante—, ¿cómo te atreves a acusar de judía a la hija de Bezruchko?

Aquella pequeña venganza no bastaba para saldar todas las cuentas que tenía pendientes. Sin embargo, la cachetada bastó para que Slawka viviera un triunfo efímero pero reconfortante. Esa noche, incluso se animó a bailar con los jóvenes soldados ucranianos que se acercaban y, con respeto y devoción, le preguntaban a Claudia si podían bailar con la hija adoptiva del general Bezruchko.

Durante el resto de la fiesta, no dejó de pensar en su madre, en la cara de preocupación que tenía cuando la vio bajar del tranvía. Esa misma noche, al regresar a casa, Slawka esperó que Claudia se durmiera. Luego, tratando de no hacer ruido, marcó el número de Irene y le pidió que dijera a su madre que estaba bien, que no le había ocurrido nada. Antes de dormirse Slawka pensó en el soldado ucraniano, y Nusia se arrepintió de no haberlo golpeado mientras estaba tendido en el suelo.

22

A fines de mayo, Slawka fue a visitar a sus primos después de un largo día de clase. Al entrar al edificio, se detuvo a ver el buzón donde recogía las cartas que la familia de Roman enviaba con remitentes falsos. Slawka se sobresaltó al descubrir un sobre que contenía la inconfundible letra de su padre. Lo tomó y cerró el buzón, sin prestar atención a las otras cartas. Comenzó a subir las escaleras, pero se detuvo a mitad de camino. Retiró el sobre del bolsillo donde lo había guardado y volvió a mirar la letra de su padre. No sabía qué hacer. Irene se había enterado de la muerte de Fridzia a través de una de esas cartas, y ella estaba harta de que le escondieran información. Si estaba obligada a sobrevivir, a mentir y a olvidar, al menos quería saber lo que estaba ocurriendo.

Volvió a bajar las escaleras y se encerró en un vestíbulo abandonado de la planta baja. Sentada en un rincón, iluminada apenas por el débil resplandor que llegaba a través de una claraboya, rasgó el sobre con mucho cuidado y retiró la carta. Escrita en un papel amarillento, la carta era escueta y estaba escrita con un trazo descuidado, como si Rudolph tuviera prisas al escribirla.

Afuera se oyó el rugido de un avión sobrevolando Varsovia. Sin embargo Nusia no se distrajo: con manos temblorosas tomó la carta y comenzó a leer. A la segunda línea, las palabras se le mezclaron, se borronearon, y sólo se detuvo en una sola frase: «Este es el final. Por eso les pido que cuiden a mi pobre criatura, que está sola en Varsovia».

Nusia dejó de leer para limpiarse las lágrimas. No necesitaba terminar la carta para comprender que era una despedida. Su padre se había dado por vencido frente al desenlace de los hechos: los rusos se acercaban a Lwow buscando recuperar sus antiguas fronteras y empujaban a los nazis hacia el oeste. Rudolph sabía que estaba perdido, que en su intento por borrar las huellas de la barbarie los alemanes lo asesinarían a él, a los otros directores de la fábrica y a todos los judíos sobrevivientes de Lwow.

Releyó la última frase, que era tan hermosa como desgraciada: «cuiden a mi pobre criatura». La criatura era ella. Nusia, Slawka, esa niña de trece años abandonada que lloraba sentada en un rincón del vestíbulo abandonado. ¿De qué le servía sobrevivir si su padre moría? ¿Con qué fuerzas seguiría luchando para mantener oculta su identidad hasta el final de la guerra, si la guerra le había quitado todo?

Al fin, guardó la carta dentro del sobre y salió del vestíbulo. Con pasos lentos, subió las escaleras y llamó a la puerta de Irene y Roman. Kurchiska la recibió con un gesto de sorpresa.

—¿Por qué lloras, Slawka?

—Estoy cansada de la guerra —dijo Slawka, y no mentía.

Cruzó el pasillo y, sin llamar, entró al cuarto de sus primos. Roman leía un periódico, Irene miraba por la ventana. Al verla en aquel estado, su prima se acercó para abrazarla.

—Llegó una carta de papá —dijo Slawka, entregándole el sobre.

—¿Y qué dice? —preguntó Irene.

Slawka no contestó. No tenía fuerzas para responder. Prefería entregarle la carta y que ella lo descubriera sola. O quizá pensaba que si ella no repetía lo que su padre había escrito, el destino de Rudolph sería otro. Pero eso ya era imposible: Irene también había comenzado a llorar.

Se abrazaron.

—Primero Fridzia, ahora papá... —se quejó Nusia.

—Tranquila —le decía Irene, acariciándole las sienes.

—No puedo seguir...

—Podrás.

—Tengo que decírselo a mamá.

Irene se separó de ella y la miró con un gesto serio, casi de reproche.

—De ninguna manera. Nadie debe enterarse de que tu padre está muerto.

Nusia bajó la mirada. Era guardiana de dos secretos que, como dos rocas enormes y pesadas, la aplastaban contra la realidad mientras ella navegaba en un mar de mentiras.

Una tarde, pocos días después, esa desolación que había sumido a Slawka en el mutismo se extendió a Claudia.

—Marko ha muerto —dijo al entrar, dejándose caer sobre una silla.

—Lo siento —dijo Slawka.

Durante meses Claudia se había preparado para aceptar el destino de Bezruchko, pero ahora que había llegado el momento se sentía derrotada y perdida, tan abandonada como la propia Nusia. Se abrazaron y cada una lloró su propia tristeza.

—Debemos vestirnos. El funeral será esta misma tarde —dijo Claudia.

Horas después, ataviadas con un luto riguroso, con vestidos, sombreros y guantes negros, Slawka y Claudia se presentaron en el Comité Ucraniano. Centenares de personas rodeaban el féretro del general Bezruchko guardando un silencio absoluto. Claudia la tomó de la mano y la condujo hasta el ataúd. Allí, los demás se apartaron unos metros para permitirles unos segundos de intimidad.

Claudia le apretaba la mano como si fuera a desmayarse. Su rostro se había vuelto de piedra: no lloraba, ni siquiera había perdido la compostura. De pronto, toda su formalidad aristocrática había eclipsado el dolor y el llanto que la habían dominado en las últimas horas. Con la cabeza alta, acariciaba el ataúd sin soltar la mano de su hija adoptiva.

Slawka guardaba un silencio respetuoso. Lloraba con sinceridad y nadie podía saber que el padre al que lloraba no era el que yacía en aquel ataúd.

Uno de los generales amigos del muerto se acercó a Claudia. Se abrazaron y el hombre dedicó diez minutos a alabar las hazañas del general en los tiempos de Petliura, su lucha contra el comunismo y el judaísmo, su colaboración con las autoridades polacas primero, y con los propios nazis después del 39.

—Marko fue un héroe. Nunca nos olvidaremos de eso —dijo el hombre.

—Gracias, gracias —respondió Claudia, con los dientes apretados y los ojos abiertos de par en par en un gesto que repetía cada vez que quería contener el llanto.

Lentamente, el público se fue alejando en dirección a la calle mientras un grupo de ex camaradas y subordinados de Bezruchko tomaban el ataúd y lo cargaban en la carroza tirada por caballos negros que esperaba en la calle.

—Mira —dijo Claudia—, todos han venido a despedirlo.

Slawka no podía creer la cantidad de gente que se había agolpado para participar del funeral. Soldados de uniforme, viejos militares retirados, mujeres, hombres, ancianos y niños, todos tocados con escarapelas ucranianas, se ubicaron detrás del batallón que seguía a la carroza. Con el tul de sus sombreros cubriéndoles el rostro, Slawka y Claudia se colocaron delante para encabezar el cortejo. A ambos lados de la caravana, una fila de policías ucranianos custodiaban a los deudos por temor a un posible ataque de la resistencia polaca.

Por fin Claudia y Slawka comenzaron a caminar. La columna debía atravesar Varsovia para acabar en el cementerio polaco que estaba al otro lado de la ciudad. Así lo hicieron, lentamente. De a ratos, la gente aplaudía al ver pasar el féretro, arrojaba flores o soltaba gritos de euforia con lemas nazis y ucranianos en los que se repetían siempre las mismas palabras: muerte, judíos, comunistas, gloria, Ucrania.

Slawka caminaba mientras Nusia los miraba a todos, tratando de entender los gestos tristes de los rostros, buscando una explicación para aquella enorme locura. Los ucranianos lloraban y alzaban sus banderas, los nazis sostenían sus estandartes y guardaban silencio. ¿Cómo podía ser que un asesino como Bezruchko fuera enterrado con tantos honores cuando Rudolph, su padre, estaba muriendo como un perro a manos de aquellos que ahora se lamentaban? No podía entenderlo. No quería entenderlo.

De pronto, Claudia trastabilló y estuvo a punto de caer al suelo. Tantos meses de espera y atenciones a su marido le habían quitado las fuerzas que necesitaba ahora, cuando la comunidad ucraniana esperaba que ella cumpliera el rito con una entereza sobrehumana que no permitía lugar a la tristeza. Y así fue que Claudia se detuvo a tomar aire, provocando un amontonamiento detrás de ella. Los caballos relincharon. La multitud murmuró. Un grupo de mujeres se acercaron a ayudar a la viuda, pero ella las detuvo con un gesto. Apoyada en el hombro de Slawka, las apartó y continuó andando para no retrasar a los demás. Slawka le pasó un brazo por la espalda. Abrazadas, continuaron arrastrando los pies por las calles de Varsovia con una multitud a sus espaldas.

Al llegar al cementerio, la caravana se dirigió al pabellón reservado a los militares. Allí un grupo de oficiales vestidos de gala se encargaron de bajar el ataúd. Un sacerdote ortodoxo alzó el crucifijo y salpicó el féretro con agua bendita mientras los demás ocupaban las sillas o se colocaban frente a la fosa que ya había sido cavada por dos empleados polacos que, peinados y bien vestidos seguramente por recomendación de los nazis, miraban la escena satisfechos por la muerte de aquel ucraniano.

Después de la plegaria del sacerdote, un grupo de militares se acercó al ataúd y apuntaron sus fusiles al cielo. A una frase de su superior, dispararon una descarga. A continuación, uno de los comandantes se acercó a Claudia y le entregó una bandera de Ucrania. Ella agradeció en silencio y miró a Slawka con gesto de súplica. Slawka la tomó de la mano y la condujo hasta el ataúd. Entre las dos, tomaron la bandera y la depositaron sobre el féretro de Bezruchko, que para entonces debía de estar siendo juzgado ya en el otro mundo por esos crímenes que sus deudos ya comenzaban a añorar.

Tras una interminable serie de besos, lamentaciones y abrazos, la carroza condujo a Claudia y a Slawka hasta su casa. Entraron en silencio. Claudia estaba desolada. Slawka dijo:

—¿Quieres que te prepare la cena?

—No tengo hambre —dijo Claudia, incorporándose. Mientras caminaba hacia su cuarto, agregó—: Si quieres, desde ahora me gustaría que durmieras en mi cuarto.

Y así, desde aquel día, sin decirlo, Claudia y Slawka se convirtieron en compañeras de sus propias ausencias.

23

Durante dos semanas, decenas de personas vestidas de negro se acercaron a la casa a presentarle sus respetos a la viuda. Le llevaban flores, bombones, pero sobre todo llegaban con la memoria intacta para ofrecerle el recuerdo de cada una de las hazañas de Bezruchko. En esas circunstancias, Slawka tuvo que permanecer junto a Claudia porque así lo exigían las formas. Con el día ocupado entre la escuela y aquel velorio que parecía no terminar nunca, ni siquiera le quedaba tiempo para visitar a sus primos.

Sin embargo, ocurrió algo que la obligó a verlos.

Estaba en la escuela, sentada en su pupitre, cuando oyó a sus compañeras hablar de una alumna que había sido detenida. Inmediatamente, Slawka se volvió y preguntó qué había pasado.

—Han detenido a una alumna que se hacía pasar por ucraniana pero en verdad era judía —dijo una de sus compañeras.

Nusia de repente tuvo mucho miedo, pero Slawka preguntó:

—¿Quién era?

—¿A que no lo adivinas? —dijo Lala, la hija del coronel Sawicki.

—¿Quién?

—Esa que vivía en mi casa.

Slawka no pudo esconder su pavor:

—¿Qué dices?

—Eso, era judía y la detuvieron —dijo la niña.

—Se lo tiene merecido —dijo otra.

—¿Y sabes qué ha sido de ella? —preguntó Slawka.

—Creo que la fusilaron —dijo Lala Sawicki.

Slawka estaba muy sorprendida. No podía creer que los nazis hubieran descubierto aquel perfecto disfraz de ucraniana que la estaba protegiendo a ella misma.

Cuando sonó la campana de salida, se despidió de sus amigas y se dirigió a casa de Irene y Roman. Siempre habían sido sus primos quienes le habían dado noticias importantes. Pero ahora que los roles se habían invertido, comprendió que recibir una mala noticia era tan doloroso como darla. Así fue que se mantuvo en silencio durante un rato, oyendo a Roman hablar sobre el avance ruso. Al fin, Irene, que la conocía mejor que nadie, le preguntó por qué estaba tan callada. Nusia se armó de valor y Slawka comenzó a hablar.

—Es por Lesia.

Los ojos de Roman se encendieron.

—¿Qué ha pasado?

—La descubrieron. La han detenido y se han enterado de que era judía.

—¿Era? —preguntó Roman.

—Era —dijo Nusia.

Roman se derrumbó en la mesa, llorando.

Slawka había cumplido su propósito. Sin embargo, después de darles la noticia no tuvo fuerzas para abandonarlos. Por un momento, la posibilidad de que su tardanza inquietara a Claudia no le pareció un motivo suficiente para alejarse de ellos. Y así continuaron hablando, recordando mejores épocas y haciendo un recuento de los sobrevivientes que aún quedaban en la familia. Cuando quisieron darse cuenta, había anochecido en Varsovia. Habían terminado de cenar, y Roman estaba escribiendo algo en un pequeño papel cuadriculado. Al terminar se lo entregó a Slawka diciendo:

—Por cualquier urgencia, aquí tienes la dirección de Ignas, mi hermano.

—¿Para qué la necesito? Si pienso venir aquí...

—Podemos morir en cualquier momento. Es mejor que tengas otros contactos —dijo Roman, y Slawka no tuvo argumentos para contradecirlo.

Poco después, Irene miró el reloj y dijo:

—Slawka, es tarde. Pronto sonará el toque de queda. Debes irte.

—Lo sé —dijo Slawka, en voz baja. Se incorporó, se acercó a las ventanas y miró la calle. Entonces agregó—: Tengo miedo de ir sola.

—No te pasará nada —la alentó su prima.

—Tengo miedo. Si Lesia cayó, podría pasarme lo mismo.

—No te pasará nada.

—¿Me acompañas hasta la estación?

—¿Estás loca? Yo no pienso salir.

—Si no regreso antes del toque de queda tendré problemas con Claudia. No quiero que me pase lo mismo que a Lesia... Por favor, acompáñame, Eva —dijo Nusia y se echó a llorar.

De pronto volvía a ser la niña indefensa que había llegado desde Lwow. Irene, incómoda, iba desde la mesa hasta la ventana para observar los movimientos de la calle. Al fin, Roman se incorporó y se acercó a Irene para decirle:

—Debes acompañarla. Ella ha hecho mucho por nosotros. Eva, acompáñala.

Irene bajó la vista, avergonzada, asustada. Luego, miró a Slawka y le tendió una mano. Poco a poco, Nusia dejó de llorar. Se despidió de Roman con un abrazo y salió del departamento junto a Irene. Bajaron las escaleras en silencio y en silencio salieron a la calle. Esperaron el tranvía durante unos minutos y, cuando al fin lo vieron llegar, se abrazaron y se besaron las mejillas.

Subió al tranvía y saludó a su prima con la mano desde la ventana. Nunca había estado tan nerviosa como aquella noche. Sentada en el vagón, observaba las calles oscuras con miedo, esperando que alguien gritara su verdadero nombre y la acusara de ser lo que era, una judía asustada tratando de salvarse de la muerte. Y sin embargo nadie la detuvo, nadie ni siquiera le habló.

Cuando el tranvía se paró en su estación, bajó y se echó a correr por las calles. Alcanzó el edificio y subió las escaleras al galope, mientras el toque de queda retumbaba en toda Varsovia. Abrió la puerta y se encontró con los ojos de Claudia:

—¿Qué te ha pasado, Slawka?

—Hola, tía. Estaba en casa de una amiga estudiando y nos olvidamos de la hora...

Claudia le revolvió los cabellos.

—Qué cabeza. A esa edad, yo también me olvidaba del tiempo... —dijo Claudia con nostalgia.

Slawka se tranquilizó. Se sentía enormemente agradecida con aquella mujer que nunca la cuestionaba. Y, aunque no lo dijera, Claudia también estaba agradecida con ella: la presencia de aquella niña inteligente, bella y cariñosa le había renovado las fuerzas y la había ayudado a sobrellevar la muerte de su esposo.

Cenaron conversando sobre el general y la escuela de Slawka. Entonces oyeron que alguien llamaba a la puerta. Slawka se incorporó para atender, pero Claudia le hizo una seña para que volviera a sentarse.

—Descansa. Debes de estar agotada por tanto estudio.

Claudia salió de la cocina y abrió sin preguntar quién era. Estaba tan segura de sí misma que no le temía a nadie. Desde la puerta que Slawka no alcanzaban a ver, le llegó una voz que sólo le provocó espanto. Se incorporó y fue junto a Claudia, que entraba en casa sonriendo, acompañada por Irene.

—Mira quién ha venido a visitarnos... —dijo Claudia, abrazando a Irene.

Las dos primas se saludaron. Irene estaba pálida. Slawka temblaba, al borde de un ataque de nervios.

—¿Qué haces aquí? —preguntó.

—Me persiguen —dijo Irene y, mirando a Claudia, agregó con tono de súplica—: Señora Claudia, debe ayudarme, por favor.

—¿Qué te ha pasado? ¿Por qué estás tan asustada? —preguntó Claudia, indicándole una silla para que tomara asiento.

—Me persiguen los polacos. Me persiguen porque soy ucraniana... —dijo Irene mirando a Slawka.

—Polacos desgraciados —se quejó Claudia y, sonriendo beatíficamente, agregó—: Quédate a dormir. Puedes ocupar la cama de la cocina. Estoy agotada. Me iré a acostar, así ustedes pueden hablar de sus cosas.

Claudia se acercó a Slawka, la besó en la frente y se marchó a su cuarto. Cuando se quedaron solas, Slawka e Irene se miraron, confundidas. Slawka quería preguntarle mil cosas, pero no se animaba a hablar por miedo a que Claudia la oyera. Irene parecía estar a punto de desmayarse. Al fin, luego de permanecer un rato en silencio, Slawka se incorporó y de puntillas fue al cuarto para comprobar que Claudia dormía. Cuando regresó, se acercó junto a su prima y le dijo:

—¿Qué haces aquí? ¿Estás loca?

—Perdóname, pero no sabía adónde ir.

Las dos se abrazaron. Irene lloraba.

—¿Qué ha pasado?

—Cuando te marchaste, regresé a casa. Roman me esperaba en las escaleras. Me dijo que me marchara, que me habían ido a buscar los alemanes.

—¿Y cómo te descubrieron?

—No lo sé, pero ya no estoy tan segura como antes. Pueden detenerme en cualquier momento. Si hasta sabían mi nombre... Llamaron a la puerta y le preguntaron a Roman dónde estaba. No le creyeron. No sé qué hacer, Slawka, perdóname por haberte comprometido... —dijo Irene y ya no pudo seguir hablando.

Slawka tomó su mano y se la besó.

A la mañana siguiente, Claudia se marchó temprano a hacer unas diligencias al Comité. Slawka e Irene salieron juntas del edificio. Esta vez, fue Slawka quien la acompañó a la parada del tranvía.

—Gracias por todo. Me has salvado —dijo Irene.

—¿Adónde irás?

—A casa. Debo ver a Roman —dijo Irene.

—Mañana iré a visitarte —dijo Slawka.

—No, no puedes venir. Ya no es seguro. Debes protegerte, nadie puede descubrir quién eres de verdad. Júrame que no vendrás.

—Irene...

—Júralo.

—Lo juro.

Se abrazaron con fuerza. Al fin, Irene subió al tranvía y se marchó.

Ese día, en la escuela, Slawka no pudo concentrarse en nada. No podía dejar de pensar en el destino de sus primos.

Al día siguiente, se dirigió a casa de Roman e Irene. No soportaba la incertidumbre. Antes de entrar, permaneció unos minutos frente al edificio tratando de descubrir algún movimiento extraño que delatara la presencia de los alemanes. Sin embargo el edificio, como toda la zona aria, parecía estar sereno, como si la guerra no existiera.

Slawka subió las escaleras y se detuvo frente a la puerta del departamento. Llamó dos veces. Kurchiska abrió la puerta y, al verla, se mostró sorprendida.

—Slawka, ¿qué haces aquí? Irene y Roman se han marchado…

—¿Adónde?

—No lo sé. ¿Quieres entrar?

—No, tengo prisa.

24

Su cumpleaños número catorce encontró a Slawka desayunando con Claudia en completo silencio. A pesar del vestido que su madre adoptiva le había regalado, no podía alegrarse por nada. Sus primos se habían marchado, o quizá habían sido asesinados por los nazis. Su padre y su hermana estaban muertos. Desde hacía semanas su madre no atendía el teléfono. Slawka no podía soportar la idea de estar sola en Varsovia.

Entonces recordó aquel pequeño papel donde Roman le había escrito la dirección de su hermano Ignas. Ese día, al salir de la escuela, Slawka se dirigió a la confitería que la amante de Ignas regentaba cerca del centro.

Primero con temor, luego con ansiedad, Slawka observó los escaparates del negocio sin atreverse a cruzar la puerta. Pero entonces Ignas apareció detrás del mostrador y, al verla, le hizo una seña para que entrara. Dentro, la reconfortó el aroma del café y las galletas recién horneadas.

—Nusia, ven —dijo Ignas.

Slawka lo siguió. Atravesaron una puerta que daba a la cocina y se ocultaron de la vista de los clientes. En la cocina, una mujer bien vestida, hermosa, decoraba con crema los panecillos en un plato. Al verlos entrar, la mujer los miró.

—¿Quién es?

—Es Nusia, la prima de Irene —dijo Ignas. Y luego, mirando a Nusia, dijo—: Ella es Krystyna, mi mujer.

Las dos mujeres se saludaron. Con temor, Slawka preguntó:

—¿Qué ha sido de Irene y Roman?

—Están bien.

Nusia sintió que se aflojaban los huesos y se dejó caer en una silla.

—¿Cómo lo saben?

—Porque tenemos nuestros contactos —dijo Krystyna.

Slawka lo sabía. Irene le había contado que Krystyna pertenecía a la resistencia polaca. Era católica, y había conocido a Ignas en la casa de un profesor de canto. Si bien corrían peligro porque él era judío y ella partisana, si bien el mundo estaba a punto de estallar, eso no bastaba para que ambos renunciaran a su amor por la ópera: dos veces por semana dejaban las persecuciones y los atentados de lado para dedicarse exclusivamente a estudiar canto. Ignas tenía una voz maravillosa, y Nusia recordaba haberlo oído cantar en alguna fiesta allá en su lejana infancia.

—¿Dónde están? —preguntó Slawka.

—Al día siguiente de que fuera a tu casa, Irene regresó junto a Roman y se marcharon juntos. Consiguieron escondites en las afueras de Varsovia, pero ya casi no les quedaba dinero. Así, hace poco menos de un mes, regresaron a Lwow en busca de ayuda.

Slawka no podía creer lo que oía.

—¿A Lwow? Están locos…

—Yo pensaba lo mismo —dijo Ignas—, allá todos saben que somos judíos. Pero estaban tan desesperados que no se detuvieron a pensar en eso. Se presentaron en casa de un ex compañero de clase de Roman, un católico que les abrió las puertas. Siguen escondidos allí, pero ahora los alemanes están devastando la ciudad antes de abandonarla.

Nusia pensó en su padre. Krystyna dijo:

—Tú le hacías diligencias a Roman..., ¿te animarías a ayudarnos a nosotros?

—No, Krystyna. No podemos ponerla en peligro. Si la descubren llevando nuestros periódicos...

—Nadie me descubrirá —dijo Slawka, mirando a Krystyna.

La polaca le entregó una bolsa y le dio un papel con tres direcciones escritas en tinta azul. Antes de que Slawka partiera, la mujer le dijo:

—Eres valiente. Pero si te detienen con esto, morirás. Si alguien se te acerca, corre.

Slawka asintió.

Al salir a la calle, se sintió poderosa. No le importaba que la detuvieran con los papeles con el membrete del Partido Comunista Polaco ni tampoco con las pistolas y municiones que llevaba en la bolsa. Porque aunque no había mirado dentro de la bolsa, sabía que ninguna carta podía pesar tanto y que aquel tintinear metálico sólo podía ser el sonido de las armas.

A la semana siguiente, volvió a presentarse en el negocio de Ignas y Krystyna. Esta vez, la bolsa que le entregó la polaca contenía una decena de granadas. Slawka memorizó la dirección donde debía dejarlas y se marchó.

La ciudad se estaba vaciando por completo. Tras la aniquilación del gueto, los alemanes ahora se dedicaban a perseguir a los pocos judíos que habían escapado y a los polacos que participaban de la resistencia. En cada esquina podía ver patrullas de las SS cargadas de armamento, deteniendo a todos los que se animaban a salir a la calle.

La tercera vez que Slawka se presentó en la confitería notó que Krystyna estaba menos arreglada. La observó bien desde la calle, y también descubrió que la polaca tenía el rostro marcado por ojeras. Al verla, Krystyna le hizo una seña de que entrara. Slawka obedeció, entró y siguió a la dueña hasta la cocina. Allí, Krystyna dijo:

—Ignas ha muerto.

—¿Cómo?

—Nuestros compañeros de la resistencia mataron a un oficial alemán. En venganza, las SS eligieron un edificio al azar, entraron y asesinaron a todos los hombres polacos que encontraron. Ignas estaba allí visitando a un amigo. Pobre Ignas. Siempre creyó que lo matarían por judío, pero lo mataron por mala suerte. Si hubiera estado aquí, se habría salvado.

Slawka guardó silencio. Desde la partida de Irene y Roman, para ella aquel sitio había sido un bastión de la esperanza, un lugar alejado de la muerte y dedicado a la lucha por la supervivencia. Y sin embargo la muerte también había alcanzado a Ignas. Se despidió de Krystyna y se alejó de allí lo más rápido que pudo. Necesitaba beber un sorbo de vida.

En junio de aquel año, alguien llamó a la puerta mientras Slawka y Claudia cenaban. Las dos se miraron, sorprendidas. Claudia se incorporó y preguntó quién llamaba.

—Soy amigo de Slawka —dijo una voz masculina.

Nerviosa, Nusia pensó que la habían descubierto y que aquello sólo era una treta para detenerla. Cuando Claudia abrió, a Slawka se le escapó un grito de asombro.

—Olek —dijo.

En el vano de la puerta, el primo de Roman, vestido con un uniforme alemán, sostenía un ramo de flores y sonreía sin mucho convencimiento.

Slawka se incorporó de un salto.

—Olek, ¿qué haces aquí?

—He venido a despedirme. Parto hacia Alemania.

—Qué envidia. Bueno, mejor salgan a la calle así pueden conversar tranquilos —dijo Claudia y, mientras Slawka y Olek salían del departamento, le susurró a Slawka con una sonrisa cómplice—: No me habías contado que tenías un pretendiente alemán. Te felicito.

—Gracias —dijo Slawka, sin dejar de mirar a Olek con un gesto de miedo.

Bajaron las escaleras en silencio y salieron a la calle.

—¿Qué haces vestido así? —preguntó Slawka, asustada.

—Ya no tengo dinero ni un lugar donde esconderme. Lo único que puedo hacer es marcharme a trabajar a Alemania como voluntario —dijo Olek en voz baja, para que nadie lo oyera.

—Estás loco, en Alemania...

—Es la única forma que tengo de sobrevivir —la interrumpió Olek.

Slawka guardó silencio. La desesperación de Olek era justificada. A fin de cuentas, sus primos habían sido asesinados por los nazis.

—¿Sabes algo de Irene y Roman? —dijo Slawka.

—Deben de estar muertos.

—No. Están bien, escondidos en Lwow.

—Me alegro —dijo Olek sin mostrar el mínimo gesto de alegría, y después agregó—: Ya no soporto vivir así. Me marcho.

—Suerte —dijo Slawka, abrazándolo.

Olek le entregó el ramo de flores y la besó en las mejillas.

—Cuídate, Nusia.

—Tú también.

Mientras Olek se marchaba, Slawka comprendió que aquel era el último encuentro que tenía con alguien de su familia. Todos estaban muriendo, y los que sobrevivían se marchaban de Varsovia. Estaba sola. Más sola que nunca.

Al regresar al departamento, Claudia se conmovió con sus lágrimas.

—La guerra terminará y volverás a ver a tu amigo —le dijo, con cariño.

Slawka asintió.

Un mes más tarde, las calles de Varsovia se llenaron de soldados alemanes que retrocedían ante el avance ruso. Los aviones de la Luftwaffe ahora sólo cruzaban el cielo desde el este hacia el oeste escapando de la artillería soviética. Las notas que llegaban desde el frente de batalla a Claudia le causaban desazón, pero a Nusia la llenaban de esperanza.

Así, a mediados de julio, al fin recibió la noticia que había esperado desde hacía ya tres años. Claudia entró de la calle y se sentó en la mesa con una mueca de asombro.

—Los alemanes abandonan Ucrania. Los comunistas vuelven a invadir nuestra patria.

—¿Y sabes hasta dónde han llegado? —preguntó Slawka, conteniendo la ansiedad de Nusia.

—Han tomado Minsk, en Lublin ya se combate en las calles.

También han tomado Lemberg, y comienzan a cruzar el Vístula. No llores, Slawka. Los alemanes nos protegerán.

Que Lwow estuviera en manos de los rusos sólo significaba una cosa: que nadie, ni siquiera el alemán más antisemita, se animaría a entrar allí para constatar si la identidad de Slawka era falsa o verdadera. Sonriendo, comenzó a llorar.

Lo había logrado.

Había sobrevivido.

25

Un mes más tarde, en agosto de 1944, Varsovia entró en pánico. Los Aliados habían recuperado París y desplegaban sus fuerzas por toda Europa occidental. Los rusos habían tomado los países bálticos y Lituania, habían cruzado el Vístula y se dirigían a Varsovia. Alentada por este avance, la resistencia polaca se reagrupaba y comenzaba los preparativos para recuperar la ciudad. Por las calles, la gente corría de un lado a otro en busca de víveres y medios de transporte. Los civiles alemanes y ucranianos huían hacia el oeste, mientras los militares se disponían a prepararse ante la inminente llegada del Ejército Rojo.

Desde hacía días Claudia había perdido toda esperanza. Ahora lo único que le preocupaba era conseguir papeles para que ella y Slawka pudieran escapar. Al fin, un día regresó del Comité y se dispuso a preparar el equipaje. Al verla vaciar los roperos, Slawka preguntó:

—¿Qué haces, tía?

—Nos marchamos a Viena.

—¿A Viena?

—Sí. He logrado que nos otorguen permisos para viajar allí. Pero antes debemos ir a Cracovia. Nos darán la documentación necesaria para cruzar la frontera.

Slawka guardó silencio.

—¿Debemos irnos?

—¿Y tú qué crees? —preguntó Claudia con furia—: ¿Que los rusos nos felicitarán por haber colaborado con los nazis? ¿Te olvidas de quién soy? Si descubren que somos familia de Marko Bezruchko nos matarán.

—¿Y qué haremos en Viena?

—Allí nos reuniremos con Halina. Ella se encargará de todo.

—¿Cuándo marchamos?

—Pasado mañana. Rápido, prepara tu equipaje.

Mientras guardaba sus ropas en una valija, Slawka tomó una decisión. Horas más tarde, se acercó a Claudia diciendo:

—Iré a casa de una amiga a despedirme.

—No te demores mucho —dijo su madre adoptiva, y al ver que Slawka la miraba en silencio, preguntó—: ¿Qué tienes?

Slawka la besó y la retuvo unos segundos entre sus brazos como si se estuviera despidiendo para siempre.

La única referencia que le quedaba en Varsovia era aquella maestra ucraniana que la había traído de Lwow y a la que no había vuelto a ver desde entonces. Sin embargo, Nusia sabía que la mujer estaba en contacto con su madre.

Tomó el tranvía y se dirigió a uno de los barrios populares, al otro lado del Vístula. Cuando bajó del tranvía se echó a correr por las calles hasta que se detuvo en una pequeña casa. Las ventanas permanecían cerradas herméticamente. Nusia llamó a la puerta. Esperaba que la ucraniana le permitiera esconderse allí hasta la llegada de los rusos, y así podría reunirse con su madre, si es que estaba viva. Nusia volvió a llamar a la puerta, gritó y volvió a gritar. Pero la casa estaba vacía. Llorando, tomó el trozo de papel y el lápiz que había llevado y escribió una breve nota pidiendo que le avisaran a Helena que ella se marchaba a Viena con su madre adoptiva. Al arrojar la carta por debajo de la puerta pensó que aquello era una estupidez. Hacía meses que no tenía noticias de su madre.

Regresó a casa de Claudia completamente derrotada. Esa noche, apenas si pudo dormir. Afuera, en las calles, se oía el sonido de los acorazados alemanes que partían hacia los cuatro puntos cardinales.

Por la mañana, Claudia se vistió y se dirigió al Comité a retirar los pasajes del tren que las llevaría a Cracovia. Apenas se marchó, alguien llamó a la puerta.

—Slawka, abre, soy Janina, tu vecina.

Slawka abrió la puerta.

—Mi tía está a punto de volver, no podemos escuchar la radio —dijo Slawka.

—No he venido a escuchar la radio —dijo la polaca, retorciéndose las manos en el delantal con nerviosismo.

—¿Qué necesita? —preguntó Slawka.

—¿Puedo entrar?

Janina entró y Slawka cerró la puerta. Al ver las maletas preparadas en la sala, Janina dijo:

—¿Te vas con ella?

—Sí —respondió Slawka.

—¿Adónde?

—A Viena.

Janina dio un paso adelante y tomó a Slawka de la mano.

—La guerra terminará pronto. ¿Por qué te marchas? —le dijo, mirándola a los ojos.

Slawka sintió una oleada de calor en todo el cuerpo.

—No tengo adónde ir —dijo Nusia.

—Quédate con nosotros —dijo Janina, besándole la mano.

Nusia comenzó a llorar. Como ella sospechaba, durante todo ese tiempo Janina había sabido que era judía. La abrazó con todas sus fuerzas. Se sentía agradecida, infinitamente agradecida por aquella mujer que la había descubierto pero que había sabido guardar el secreto durante más de dos años.

—Ya lo verás, seguramente algún familiar tuyo ha sobrevivido... —dijo Janina, tratando de convencerla.

Pero Nusia había perdido toda esperanza. Era cierto que pronto los rusos llegarían para liberarla a ella y a los demás judíos, pero ¿qué pasaría entonces? Su padre, su hermana y seguramente su madre habían muerto. Estaba sola en el mundo, y el mundo se precipitaba a una batalla final que podía acabar con todo lo que la rodeaba. No quería estar sola cuando llegara ese momento. No estaba dispuesta a separarse de Claudia, la única persona que podía asegurarle bondad, cariño y protección en medio de aquella locura.

Quizá Janina tuviese razón. O quizá no. Ante esa incertidumbre, no podía arriesgarse a nada. Las palabras de su padre seguían rebotando en su cabeza como un precepto que debía seguir ciegamente. Esconderse. Mentir. Olvidarse de quién era. Fingir hasta que acabara la guerra y los judíos dejaran de ser perseguidos.

Se limpió las lágrimas, respiró hondo y dijo:

—Todos han muerto. Estoy sola. Me marcharé con Claudia.

Se despidió de Janina con tristeza, y le pareció ver que la mujer lloraba. Mientras salía del departamento, la mujer susurró:

—Suerte, Slawka... o como te llames...

—Me llamo Slawka —dijo ella, y cerró la puerta.

Claudia regresó acompañada de un muchacho que cargaba una maleta.

—Él es Ígor, el hermano del marido de Halina. Vendrá con nosotras. ¿Has preparado tu equipaje?

—Sí, todo está listo.

—Excelente. Mañana nos iremos de Polonia.

Aquella noche, Slawka tampoco pudo vencer al insomnio.

A la mañana siguiente, Ígor, Claudia y ella tomaron su equipaje y salieron del departamento. Tras cerrar la puerta, Claudia le entregó las llaves a Janina diciendo:

—Guárdelas. Espero regresar pronto.

—Buen viaje —dijo la mujer.

Mientras bajaba las escaleras, Slawka se volvió para mirar a Janina, que la contemplaba con un gesto de tristeza.

Las calles estaban repletas de personas. Camiones, automóviles y carros se alejaban de Varsovia huyendo de los rusos.

—Vamos, Slawka, date prisa —repetía Claudia.

Ella caminaba lentamente, ni siquiera tenía fuerzas para cargar su equipaje. A ratos, Ígor le hacía preguntas y comentarios que ella ni siquiera se preocupaba por oír, mucho menos por contestar.

La estación de trenes estaba repleta de soldados y civiles. Todos se peleaban por conseguir un lugar en algún vagón que los alejara de allí. Claudia se acercó a uno de los oficiales de la Gestapo y presentó sus documentos y los de Slawka y el muchacho.

—El próximo tren es el nuestro —dijo a su regreso.

Y el tren llegó dos horas más tarde, provocando un revuelo en los andenes. Los soldados contenían a punta de fusil a los desesperados que intentaban subirse por las ventanas. A Slawka y los demás les costó acercarse a la formación. Con sus documentos en alto, Claudia gritaba y exigía ser tratada como la viuda de un héroe que ya nadie recordaba.

Al fin, dieron con un oficial alemán que comprobó la autenticidad de los documentos y les permitió subir. A través de las ventanillas vieron a la multitud tratando de tomar el tren, que ya había comenzado a avanzar.

Poco a poco, a medida que se alejaba de Varsovia y de Nusia, Slawka notó que las imágenes que mostraban las ventanillas comenzaban a fundirse unas con otras, como si el tren viajara a gran velocidad.

—¿No puede ir más rápido? Así no llegaremos nunca... —se quejó Claudia.

Sólo entonces Slawka comprendió que lo que le nublaba la vista no era la velocidad del tren, sino sus lágrimas.

26

Acunada por el movimiento del tren, Nusia permanecía con los ojos cerrados y una leve sonrisa en los labios. De un momento a otro llegarían a Truskawiec para beber las aguas termales mineralizadas que Rudolph necesitaba para calmar sus dolencias. La mano tibia de su padre le acariciaba el rostro. Todo era perfecto.

Pero al abrir los ojos descubrió que la mano que la acariciaba era la de Claudia, y que el tren había llegado a Cracovia, no a Truskawiec. Sobresaltada, Slawka se acomodó en el asiento con un gesto de vergüenza.

Con sus papeles en alto, Claudia se incorporó mientras el tren reducía su marcha e ingresaba a la estación.

—Slawka, Ígor, rápido.

A través de las ventanas, Slawka pudo ver cientos de personas moviéndose por las calles, en medio de un caos de automóviles, camiones y acorazados alemanes. Se incorporó y, al ponerse de pie, sintió los músculos ateridos por los nervios y el cansancio.

Los tres bajaron cargando sus maletas. En los andenes la gente gritaba y se empujaba para bajar o subir a los vagones. Se abrieron paso entre la multitud y se dirigieron a la oficina de la Gestapo. Antes de entrar, Claudia les dijo a Slawka y a Ígor que la esperaran allí.

Slawka sentía como si estuviera viendo todo a través de los ojos de otra persona, tal era la distancia que la separaba de esa realidad de rugido de motores, gritos de soldados y civiles. El pánico, el ansia de huir y el miedo que se respiraba en las calles le resultaban completamente ajenos.

No a Ígor, que, con la vista al cielo, observaba los cazas de la Luftwaffe que se marchaban al este para proteger el repliegue de las tropas que escapaban del avance ruso.

—Nos matarán a todos —dijo Ígor.

Slawka encogió los hombros. Le daba igual. Si bien había pasado los últimos tres años mintiendo, olvidando y escapando para sobrevivir, ya no le temía a nadie.

Poco después, Claudia regresó con el rostro contraído por la furia.

—Idiotas. Los papeles aún no han llegado. Debemos esperar unos días.

—¿Dónde? —preguntó Slawka.

—Ya veremos —dijo Claudia y, con un gesto, les indicó que la siguieran.

Los tres se unieron al río de personas que se derramaba por las calles. Poco después, al llegar a una esquina encontraron a un grupo de gente dispuesto en torno a un hombre vestido con traje de tweed y sombrero negro. A Slawka le llamó la atención la pulcritud de sus ropas, en medio de aquel caos.

Todos guardaban silencio y oían atentamente el relato del hombre que, al parecer, debía estar revelando cosas importantes. Otra vez, la curiosidad llevó a Slawka a alejarse de Claudia e Ígor para sumarse a aquella improvisada platea de espectadores. Durante unos minutos, permaneció callada prestando atención a lo que decía el hombre.

Al fin, alguien la tomó del brazo y la sacudió con violencia.

—Slawka, ¿qué haces? —le gritó Claudia.

—Los rusos ya han llegado al Vístula —dijo.

—Entonces Polonia está perdida —dijo Claudia, mientras todos volvían a andar.

Slawka pensó en su madre, en su tía, en sus primos, en Krystyna, y tantos otros que estarían siendo liberados en ese preciso instante en que ella, Slawka, comenzaba un largo camino que la llevaría al centro del Tercer Reich.

Consiguieron albergue en casa de una viuda polaca que los miraba con desprecio, animada por la retirada de los alemanes. En aquellos días, a lo largo y ancho de Polonia y las zonas liberadas de Europa, quienes hasta entonces habían sido rehenes, víctimas y prisioneros se lanzaban a las calles para vengarse de aquellos colaboracionistas que se habían vendido a los nazis, ya fuera por dinero, miedo o convicción. Por eso, Claudia se encargó de decirles a Slawka y a Ígor que mantuvieran su identidad en secreto. Nadie podía descubrir que eran ucranianos y, mucho menos, qué clase de ucranianos eran.

Cada día al despertarse, Claudia se marchaba a la oficina de la Gestapo para averiguar si habían llegado los pasaportes que esperaban. Y cada día regresaba más derrotada que el anterior: los pasaportes no llegaban, los alemanes se marchaban, los rusos y los Aliados cercaban a Hitler.

Durante aquellos días Slawka encontró en Ígor un gran compañero de espera. Conversaban sobre trivialidades propias de los niños que eran, y no se detenían a hablar de lo que los rodeaba. Tan sólo contemplaban el escenario como espectadores incrédulos que no se fiaban de la verosimilitud del drama que veían. Si bien no había sufrido los bombardeos que habían derruido a Varsovia, Cracovia también mostraba los signos evidentes de la guerra. Algunos edificios derrumbados, escuelas convertidas en cuarteles, soldados por todas partes. ¿Existiría algún lugar en el mundo adonde la guerra no hubiera llegado? Slawka lo creía imposible.

Al fin, al sexto día, Claudia regresó de la Gestapo con los tres pasaportes que les asegurarían un salvoconducto para salir de allí antes de que llegaran los rusos. Inmediatamente, tomaron el equipaje y se dirigieron a la estación. Su tren llegó horas después, mientras caía la tarde. En el cielo púrpura, las primeras estrellas se asomaban, inalcanzables, por encima de los bombarderos de la Luftwaffe que seguían barriendo el cielo de Polonia.

Otra vez con los papeles en alto, Claudia se abrió paso entre la gente y consiguió llegar hasta el oficial alemán que supervisaba el ascenso y el descenso de los pasajeros. Pegada a la barandilla de la escalera del vagón con manos que parecían garras, Claudia gritaba llamando a Slawka e Ígor mientras sus ojos abiertos de par en par buscaban a los niños entre los desplazados que intentaban subir al tren.

—¿Dónde está Claudia? —preguntó Ígor.

—No lo sé —contestó Slawka.

Estaban a un lado del andén, en medio de la gente, y Slawka se aferraba a la mano de Ígor para no perderse. De pronto, Ígor la tomó por los hombros y comenzó a avanzar atropellando a la gente, que gritaba y lo insultaba en distintos idiomas. En medio de aquel amontonamiento, Slawka alzó la vista.

—Allí —le dijo a Ígor, y ambos se dirigieron a la escalerilla donde estaba Claudia.

Un oficial alemán se cruzó en su camino y les impidió al paso.

—Vienen conmigo —dijo Claudia en alemán.

Al fin, los dos lograron trepar a la escalerilla y siguieron a Claudia hacia el interior del vagón. Los asientos estaban ocupados en su mayoría por soldados y oficiales alemanes que se replegaban hacia el oeste.

Durante todo el viaje, Slawka se dedicó a mirar a los alemanes. No hablaban. Apenas si se comunicaban entre ellos con gestos desganados. Parecían sorprendidos. Y no era para menos: aquel Tercer Reich que debía perdurar mil años estaba derrumbándose frente a sus ojos de niños viejos.

27

Había visto eso en alguna parte. Slawka lo sabía. Sin embargo no podía recordar dónde. A través de las ventanas contemplaba el bosque, la perfección de los pinos alzándose sobre un manto de hierba, con las cimas nevadas de los Alpes de fondo, el cielo límpido y resplandeciente y un arroyo delgado que se escurría junto a las vías, atravesando lomas, valles y árboles reverdecidos. Lo observaba todo buscando aquella imagen en su memoria. Entonces lo recordó, pero no como quien recuerda lo vivido, sino como quien recuerda algo que le ha contado otra persona. Aquel paisaje era el decorado donde habían transcurrido todas las historias de princesas y hadas que Nusia había leído en su infancia. Slawka pensó que Nusia se hubiera alegrado de ver aquello.

Claudia parecía rejuvenecer a medida que el tren se internaba en los Alpes. Conversaba con los soldados que, al cruzar las fronteras de su país, habían recuperado un poco de aquel talante y determinación que habían perdido con la caída del frente ruso. Ahora fumaban y conversaban. Algunos, incluso, reían. Todo era tan extraño como lo había sido en los últimos tres años. Eso no había cambiado. Pero, sabiendo que el final se acercaba, Slawka no podía dejar de pensar en lo absurda que era aquella camaradería que se respiraba en el tren.

—Mira, Slawka. Mira la belleza de Viena.

Cuando el tren se detuvo, Claudia se incorporó para mirar por las ventanillas. Con gesto serio, pasó la vista por el andén hasta que descubrió lo que buscaba; entonces sonrió y les dijo:

—Allí está Halina. Vamos.

Se despidió atentamente de los soldados y oficiales con los que había conversado durante el viaje, les deseó suerte y se dispuso a bajar del tren. Ígor y Slawka la siguieron con las maletas a cuestas. En el andén los recibió una fresca brisa que olía a árboles, a tierra húmeda y a flores. Slawka respiró hondo. Hacía años que no respiraba aquel aire puro, tan distinto del olor a pólvora, fuego y ceniza que flotaba sobre Varsovia.

Halina y Claudia se abrazaron largamente, con un afecto sincero. Después, Halina saludó a Ígor, su cuñado, y acarició los cabellos perfectamente trenzados de Slawka. Mientras se alejaban de la estación, Halina dijo:

—Pensé que no lograrían escapar… Los polacos se han levantado. Varsovia entera se ha levantado contra los alemanes.

—¿Qué dices? —preguntó Claudia, aturdida.

—La resistencia polaca ha tomado la Ciudad Vieja y están acabando con los colaboracionistas. Los alemanes han cercado el lugar. Los rusos están en Praga; si quisieran entrar en Varsovia, les bastaría cruzar el Vístula.

—¿Los rusos entrarán en Varsovia? —preguntó Slawka, reprimiendo un grito de alegría.

—No. Se han detenido en la orilla del Vístula. Han acampado, descansan y juntan fuerzas mientras los polacos se enfrentan con los alemanes —dijo Halina—. Mañana comenzarán los bombardeos. Destruirán toda Varsovia con tal de acabar con los polacos.

Slawka pensó que, de haber logrado sobrevivir, la madre de Nusia sería arrasada con los bombardeos alemanes. Hasta esa idea le resultó demasiado auspiciosa: Helena debía de estar muerta como lo estaban su marido y su hija mayor, su madre y su sobrino, su cuñado... todos los judíos estaban muertos. Ella misma había visto sus cenizas flotar en el aire de Polonia. ¿Por qué no los habían salvado antes? Era como si todos, polacos, aliados y rusos, hubieran esperado que mataran al último judío para enfrentar de una vez por todas a los alemanes. Por eso la posibilidad de la derrota alemana para Slawka ya no tenía valor.

A diferencia de Varsovia y Cracovia, la gente que caminaba por el centro de Viena parecía hacerlo con una calma infinita. Nadie hubiera pensado que aquel lugar era el centro de un imperio amenazado por los cuatro puntos cardinales. La gente sonreía, bebía café y comía pasteles sentada a las mesas de los cafés, o compraba flores en las tiendas, mientras los niños jugaban y reían con una inocencia exasperante. La ciudad no mostraba ninguna señal de estar en guerra: las fachadas de los edificios resplandecían, las calles estaban limpias, el cielo vacío de aviones y los palacios imperiales se alzaban majestuosos, sosteniendo los sueños de grandeza de toda una nación.

Slawka notó aquella diferencia primero con furia, luego con indiferencia. Pero, a medida que avanzaba por la calle, rápidamente se fue acostumbrando a aquella paz que la rodeaba. La serenidad de Viena parecía devolverle una tranquilidad que ya no recordaba. Incluso se le ocurrió pensar que allí podría comenzar una nueva vida, libre de todo pasado, sola ante al futuro.

Halina los condujo hasta una pequeña casa. Los cuatro se detuvieron junto a la puerta, mientras Halina decía:

—Vivirán aquí. La dueña es una viuda encantadora, ya verán.

Claudia permanecía en silencio. Algo dentro de ella se había roto; por fuera mantenía la entereza que había demostrado desde que Slawka la conocía, pero en sus gestos, lentos, parsimoniosos, Slawka creía intuir el comienzo del ocaso. En Varsovia la había oído lamentarse porque al marcharse perdería su única fuente de ingresos. Era evidente que, después de la ocupación rusa o de la partida de los alemanes, ningún polaco querría seguir pagando la pensión de un general ucraniano amigo de Petliura. Claudia ya no podía esperar nada. Estaba en manos de Halina.

La joven llamó a la puerta y, segundos después, esta se abrió para mostrarles a una dama austríaca salida del pasado lejano y próspero de la República de Weimar. De pie en el vano de la puerta, vestida con un traje de color gris, el cabello perfectamente peinado y el rostro límpido, sonriente, la mujer les dio la bienvenida en alemán y los invitó a entrar en casa.

Dentro se oía una música enérgica que salía de un gramófono embutido en un fino mueble de roble.

—Espero que les guste la música.

Halina y Claudia sonrieron. Luego, Halina e Ígor se despidieron de Claudia y Slawka y se marcharon.

Cuando se quedaron solas, la casera las condujo hasta la habitación que ocuparían durante el tiempo que estuvieran en Viena. Una estancia austera, con dos pequeñas sillas y dos camas. A través de la única ventana del cuarto llegaba una luz clara, diáfana.

—Las dejo descansar. Siempre comemos a las doce y a las seis. Recuerden eso —dijo la mujer y salió del cuarto.

Claudia y Slawka permanecieron de pie sin pronunciar una sola palabra durante unos minutos. Al fin, Slawka abrió su maleta y comenzó a sacar la ropa. Claudia, pegada al cristal de la ventana, observaba todo en silencio. Cuando se volvió, Slawka ya había acomodado el contenido de las dos maletas en el armario.

—Gracias, Slawka —dijo.

Slawka la abrazó. Ella tampoco habría sabido qué hacer si no hubiese estado junto a Claudia.

Al día siguiente tuvieron más noticias del levantamiento de Varsovia. Halina no se había equivocado: la Luftwaffe estaba reduciendo la ciudad a cenizas. Los rusos seguían con una actitud expectante mientras los polacos eran masacrados por los alemanes. Sin embargo Viena resplandecía, y en las calles, salvo por las patrullas de soldados, nada parecía indicar que el final se acercaba.

Claudia y Halina sabían que tarde o temprano Viena caería, como todo el Imperio. Y sin embargo, aquella mañana Claudia le pidió a Slawka que se vistiera impecablemente y la condujo a una escuela alemana. El mundo se derrumbaba, pero ella seguía preocupada por el futuro de su hija adoptiva. La inscribió en uno de los cursos, junto a Ígor, que había tenido que interrumpir su educación en Polonia, y, antes de marcharse, le dijo:

—Debes completar tus estudios, Slawka.

Slawka se alegró con la noticia. Quería volver a ser una niña y dejar de ser una prófuga. Sin embargo, al entrar en la clase, se dio cuenta de que todo había cambiado. Incluso su cuerpo comenzaba a desarrollarse, y la niña comenzaba a transfigurarse, a desaparecer detrás de aquella muchacha hermosa, bien peinada, con ojos vivaces y mente rápida, a prueba de razias y persecuciones, que recibió la mirada de todos los muchachos que esperaban en el aula.

28

Durante toda la estancia en Viena, Halina se encargó de pagar el alquiler y los alimentos que Claudia y Slawka comían en casa de la vienesa. Claudia lo había perdido todo. Slawka lo sabía, y nunca le pedía dinero para nada. Ni siquiera para ir al cine. Así, cada vez que Ígor pasaba a buscarla con la idea de matar el tiempo viendo alguna película, Slawka se acercaba a la casera y le decía:

—Si lavo la vajilla, ¿me dará una propina?

—Por supuesto.

Entonces, Slawka se dirigía a la cocina y se encargaba de lavar los platos, los cubiertos, las copas y las ollas mientras Ígor le contaba qué película verían ese día. Con un desparpajo muy suyo, a veces Slawka le gritaba:

—Si en lugar de hablar me ayudaras a secar los platos, nos iríamos más rápido.

Y a continuación el muchacho, que la obedecía en todo, tomaba un paño seco y repasaba los platos con cuidado mientras ella corría a cambiarse de ropa. Después se despedían de Claudia y la casera y se lanzaban a las calles en busca de diversión. Slawka disfrutaba caminando al atardecer por los jardines perfumados de Viena, concentrada tan sólo en la belleza del paisaje.

Una tarde, mientras esperaba a Ígor junto a la puerta de un cine, oyó que alguien la llamaba.

—Slawka. Querida Slawka.

Ella se volvió, buscando con la vista a la mujer que le gritaba. Al verla, tuvo que contener un grito de pavor. No podía ser cierto. Pero allí estaba Kurchiska, levantando los brazos para llamar su atención. Kurchiska. La casera polaca que había albergado a Roman e Irene en Varsovia. Kurchiska, la amante de aquel oficial alemán. En los pocos segundos en que tardó en reaccionar, Slawka recuperó un recuerdo del fondo de su memoria: en él, Roman, completamente borracho, le gritaba a Kurchiska que él, Irene y hasta la pequeña Slawka eran judíos.

—Slawka, querida, déjame abrazarte —gritaba Kurchiska ahora, en Viena.

Asustada, Slawka pensó que aquella mujer era la única que sabía que era judía. Con desesperación, miró a su alrededor, como si esperara que una patrulla de soldados se lanzara sobre ella para detenerla y asesinarla como a los otros. Pero estaba sola, y Viena continuaba con su serenidad, imperturbable ante los gritos de aquella polaca. De pronto, Slawka le dio la espalda a la Kurchiska y se echó a correr por la calle. Corría a toda velocidad, esquivando gente, soldados y automóviles, escapando de aquellos gritos que amenazaban con traer de regreso a todos sus fantasmas.

Llegó a la casa con la respiración agitada, las ropas revueltas por la carrera y una sensación de profundo temor.

—¿Qué ha pasado? ¿No ibas al cine con Ígor? —preguntó Claudia.

—Sí, pero no me siento bien —respondió Slawka mientras se desvestía y se metía en la cama.

—Estás pálida.

Con los ojos cerrados, pensó que no volvería a salir a la calle hasta que terminara la guerra.

Pero aquel encierro no podía justificarse durante mucho tiempo. Así fue que, tras dos días de fingir dolores estomacales, Slawka regresó a la escuela. Ahora, cada vez que iba por la calle, se sentía inquieta y buscaba con los ojos a Kurchiska entre la multitud anónima de Viena.

En octubre de aquel año, 1944, pocos meses después de instalarse en Viena, Claudia y Slawka tomaron un tranvía para dirigirse a casa de Halina. En las calles, los árboles ya habían comenzado a perder su verdor bajo los tonos ocres del otoño. Sin embargo, el paisaje seguía siendo hermoso. Slawka lo observaba a través de las ventanas sintiendo la brisa fresca que traía cientos de perfumes silvestres desde los Alpes.

Por un momento, apartó la vista de las calles y volvió a mirar el interior del vagón en que viajaban. Entonces lo vio. Calvo, los huesos cubiertos apenas por una delgada piel amarillenta, sin un gramo de carne, sin un signo de vitalidad. Arrastraba los pies, embutido en un abrigo deshilachado y con el brazalete con la estrella de David atado a un brazo, bien a la vista de todos. El judío llevaba a un niño de la mano. El niño debía de tener la misma edad que había tenido ella en 1941, y también estaba identificado con un brazalete.

Apenas entraron al vagón, los demás pasajeros los miraron con desprecio. Mientras se ubicaban en un rincón, temerosos, con la vista en el piso para no enfrentarse con los ojos de nadie, un hombre que estaba sentado delante de Claudia y Slawka le dijo a otro:

—Mira a ese.

—Es un ingeniero judío —contestó el otro hombre, señalando a los del brazalete. Y añadió—: Todos los días viaja en este tranvía con su hijo para dirigirse a la fábrica de aviones. Trabaja para Alemania con una sola condición: que el niño esté siempre a su lado.

Slawka pensó con infinita tristeza en Rudolph.

En ese momento, Claudia reparó en lo que pasaba. Bufó con desprecio y escupió al piso diciendo:

—Todavía quedan judíos vivos.

Era la primera vez que oía a su madre adoptiva decir algo directamente en contra de los judíos. Y sin embargo, esa frase condenatoria de Claudia para Slawka era un motivo de esperanza. Sí, aún quedaban judíos vivos. Después de todo, los alemanes no habían podido matarlos a todos. Incluso los necesitaban y a algunos les permitían sobrevivir por conveniencia. Slawka deseó con todas sus fuerzas que ese niño asustado que aferraba la mano de su padre lograra sobrevivir hasta el final. Que mintiera, que escapara, que se mantuviera callado. Que fuera un fantasma traslúcido, sin forma ni color, sin rostro ni identidad.

Octubre no sólo trajo el otoño. A finales de mes, Viena había quedado presionada por dos frentes: al este, los rusos, y los aliados al oeste. La ciudad se había vaciado por completo de militares alemanes. Era como si se los hubieran tragado los Alpes, el mundo o su propia vergüenza. Tampoco se veían soldados rusos ni aliados. La guerra, y sobre todo el sitio de Viena, no sólo se podía notar por la ausencia de militares en las calles, sino por los bombardeos. Ante el peligro, Halina, su marido e Ígor se mudaron con Slawka y Claudia.

Judíos, antisemitas, polacos, ucranianos o alemanes, los hombres siempre acababan uniéndose ante el peligro.

Los bombardeos se intensificaron a principios de noviembre. Durante el día Viena era regada con bombas aliadas. En la escuela alemana, Slawka, Ígor y los demás niños se incorporaban de sus bancos en el momento exacto en que comenzaba a sonar la sirena. Entonces seguían a sus maestros escaleras abajo, y se refugiaban en el búnker del sótano durante horas, mientras el edificio se sacudía con violencia ante la onda expansiva. Sentada en un rincón, Slawka podía oír las plegarias de los otros niños, sus gritos de pánico, su llanto, su terror. Sin embargo, ella no sentía ni un ápice de miedo. Había hecho todo lo que su padre le había pedido, lo seguía haciendo, y eso era una prueba de que una vez más lograría sobrevivir. Se sentía poderosa hasta la inconsciencia, y en medio de las explosiones pensaba que su padre estaría orgulloso de ella.

Cuando los bombardeos cesaban, todos los alumnos dejaban el búnker y volvían a las aulas con naturalidad. Luego sonaba la campana y todos salían a la calle. Un día, los bombardeos fueron tan intensos que a Slawka le sorprendió que el edificio de la escuela no se derrumbara sobre ellos. Durante dos horas, las bombas cayeron sin descanso. Las paredes del sótano se movían, el techo crujía. El estruendo era ensordecedor. Lentamente, los maestros se fueron incorporando. Slawka estaba tan aturdida que le costó darse cuenta de que el bombardeo había terminado.

Mientras subían las escaleras en dirección a las aulas, el director les anunció que por ese día las clases habían finalizado. A Slawka e Ígor la noticia les resultó extraña. Pero al salir a la calle comprendieron todo. Viena estaba destruida. El panorama que rodeaba a la escuela le recordó los peores tiempos de Varsovia.

Tomados de la mano, como si ese mínimo contacto les diera valor para continuar, Ígor y Slawka se internaron por las calles junto a sus compañeros, sorteando cráteres, fuegos y escombros. En una esquina vieron una casa completamente derruida, ardiendo en una gran humareda. Con el cabello trenzado y los ojos desencajados, una niña pequeña llamaba a su madre a los gritos.

En el grupo de Slawka se hizo un silencio absoluto. Todos contemplaron a la niña, la casa, sus gestos desesperados.

Slawka se cubrió los oídos con las manos.

En ese momento, una mujer apareció desde un rincón de la casa derruida y llamó a la niña por su nombre y ella corrió a sus brazos.

29

A principios de 1945, Alemania no sólo había abandonado los países ocupados sino que era incapaz de defender sus propias fronteras. Los rusos se habían apoderado de toda Europa oriental, los Aliados habían recuperado África y Europa occidental, y ambos ejércitos se disponían a acabar de una vez por todas con los alemanes.

Para entonces, los bombardeos sobre Viena no se detenían un solo momento. Claudia estaba más asustada que nunca.

—Debemos marcharnos o moriremos —repetía.

Halina no estaba mejor. Iván, su marido, un hombre joven con el que Slawka tenía poca relación, permanecía en silencio con las manos apoyadas sobre las rodillas. Parecía una estatua detenida en una reflexión eterna. Pero separó los labios y dijo:

—Nos largaremos de aquí.

Claudia, Halina, Slawka e Ígor lo vieron salir de la casa en silencio. Mientras estuvo ausente, las bombas continuaron cayendo con una monotonía agobiante. A media tarde Iván regresó con las noticias que todos esperaban.

—Sólo están bombardeando las ciudades. Debemos mudarnos a un pueblo más pequeño. Ni los rusos ni los americanos gastarán sus bombas en un lugar de pocos habitantes, sin batallones ni puestos de artillería.

—¿Y adónde iremos?

—Nos marcharemos a Altheim. Varias familias ucranianas se han refugiado allí.

Claudia se incorporó y abrazó a Iván con todas sus fuerzas.

—Gracias, hijo.

Al día siguiente se despidieron de la casera, cargaron su equipaje y se lanzaron a las calles llenas de escombros y cenizas, cruzando las columnas de humo que se alzaban sobre las casas incendiadas.

A través de sus contactos ucranianos, consiguieron sitio en un camión civil que se dirigía hacia el oeste. En compañía de otros refugiados ucranianos, viajaron durante horas con una sensación de fragilidad que les infundía más temor a medida que iban avanzando en el camino. El cielo, surcado de bombarderos alemanes, rusos y aliados, parecía estar a punto de quebrarse con el estallido de las bombas.

Lentamente, fueron perdiéndose entre las montañas, alejándose de las ciudades, del ruido, del miedo.

En Altheim comprendieron que habían tomado una decisión acertada. No se oían bombas, no se veían soldados. En las calles, hombres y mujeres caminaban con serenidad, sin necesidad de correr en busca de refugio. A lo lejos, entre los árboles reverdecidos por la primavera, podían ver personas que se desplazaban en bicicleta. Pedaleaban lentamente, como si estuvieran sumidos en el sopor que parecía brotar del paisaje.

Al bajarse del camión, se cruzaron con una pareja que caminaba a la sombra, conversando en ucraniano.

—Necesitaba esto —dijo Claudia en ucraniano.

El hombre y la mujer se detuvieron al oírla.

—¿Ucranianos? —preguntó ella.

—Sí —respondió Claudia con una sonrisa.

—¿Necesitan un lugar donde vivir? Podríamos indicarles dónde encontrar refugio —insistió la mujer.

—Gracias —respondió Claudia y, mirando a Slawka, agregó—: Es como estar en casa. Además, aquí cerca está Braunau am Inn, la cuna del Führer.

Slawka asintió.

Gracias a las indicaciones de la pareja de ucranianos, alcanzaron una pequeña casa ubicada justo frente a un banco alemán. Mientras Claudia entraba para hablar con la casera, Iván contemplaba la puerta del banco. Slawka lo vio dudar, agarrarse la cabeza, rascarse la barbilla, para luego decirle algo al oído a su mujer y alejarse en dirección al banco.

Cuando regresó, los demás ya se habían ubicado en los dos cuartos y la sala que componían la casa.

—¿Qué noticias traes? —preguntó Halina.

—Mañana comienzo a trabajar en el banco —dijo Iván con una sonrisa de triunfo.

Claudia alzó las manos al cielo.

—Gracias, Dios —dijo.

—Ya no tendremos que preocuparnos por conseguir dinero —dijo Iván.

—Yo también buscaré trabajo —dijo Halina, animada.

Al día siguiente, Iván comenzó a trabajar de contador en el banco. Ese mismo día, Halina, a quien le faltaba muy poco para tener el título de odontóloga, también consiguió trabajo en un consultorio de un médico que no daba abasto para atender a todos los pacientes del pueblo.

Así, casi sin darse cuenta, todos recuperaron la calma. Sobre todo Claudia. Lejos del alcance de los rusos y sus amenazas de venganza, comenzaba a aceptar la derrota alemana, convencida de que aquellos territorios serían invadidos por los americanos.

En febrero, sentados alrededor de una radio, Slawka, Claudia y los demás oyeron las primeras noticias sobre el sitio de Berlín. Hitler y el alto mando eran atacados desde el cielo por la aviación aliada mientras la artillería rusa alcanzaba las puertas de la capital alemana. En las calles de Altheim, los refugiados conversaban sobre estas noticias con calma, mirando el horizonte, esperando que el final también los alcanzara a ellos. A veces, cansado de las incoherencias que los alemanes seguían soltando en la radio, el marido de Halina sintonizaba la BBC. Slawka prestaba especial atención a las noticias que llegaban desde los territorios liberados: los aliados y los rusos habían encontrado las pruebas de la barbarie que los alemanes habían llevado a cabo en los campos de trabajo y de exterminio. Se hablaba de millones de judíos muertos. Entonces, Slawka trataba de permanecer impasible para que sus gestos no la delataran. Los judíos habían desaparecido de la faz de la tierra, como ella suponía. Lo decía la radio, lo decían todos. Pero a los ucranianos que la rodeaban lo único que les importaba era prepararse para la llegada de los americanos.

El marido de Halina decidió que debía aprender inglés. Él y los demás ucranianos habían dejado de creer en los alemanes y deseaban ponerse bajo la protección de los americanos. El sueño de la Ucrania antisemita y antibolchevique se había roto. Estaban condenados al exilio, y cualquier opción era mejor que ser juzgados por los rusos. Durante días averiguó quién en el pueblo sabía el idioma.

Ígor y Slawka lo acompañaron a su primera clase. Estaban hartos de esperar sin hacer nada. Ella había cumplido quince años, él diecisiete. Cualquier paseo era mejor que permanecer junto a la radio, escuchando las noticias y los suspiros de Claudia.

Caminaron por Altheim lentamente, buscando entre las calles una casa de paredes grises con un almendro en el frente. Cuando la encontraron, llamaron a la puerta. Los recibió una mujer alemana que los observó con desconfianza. Parecía asustada.

—Desearía que su marido me enseñara inglés —dijo Iván.

—¿Cómo sabe que él vive aquí? —preguntó la mujer.

Slawka, Ígor y su hermano la observaron, confundidos.

—Es su marido, ¿no? —dijo Iván.

La mujer asintió en silencio.

—Somos ucranianos —dijo Ígor.

De pronto, la mujer se puso pálida.

—Tenemos dinero —dijo Slawka, ante la mirada de asombro de Ígor y su hermano.

—Pasen —dijo la mujer, resignada.

Dentro de la casa los recibió un hombre alto, de anteojos y cabello oscuro. Slawka no podía dejar de observarlo. El hombre hablaba y se movía con movimientos rápidos, y se sobresaltaba con cualquier ruido que llegaba de fuera. Slawka reconoció en él los gestos universales del prófugo. Pusieron un precio a las clases y quedaron en encontrarse al día siguiente.

A principios de mayo, la radio anunció la caída de Berlín. Hitler estaba muerto. Los rusos habían izado la bandera roja en la puerta de Brandeburgo, mostrándole a todo el mundo que el comunismo había vencido a los fascistas. Finalmente, los camaradas lo habían logrado.

En Altheim todos salieron a la calle. No tenían nada que festejar. Tan sólo querían ver llegar a los americanos y saber que todo había terminado. Durante una semana contemplaron el cielo, los caminos y el horizonte, que seguían tan hermosos y desiertos como siempre.

—¿Y si se olvidan de entrar a este pueblo? —preguntó Slawka.

—No se olvidarán.

Ígor no se equivocaba.

El 8 de mayo todos en Altheim despertaron con los gritos que se oían en la calle. Rápidamente, Slawka, Claudia y los demás se cambiaron de ropa y se unieron a la gente que esperaba a los nuevos amos del mundo. Desde el sur, todos podían ver a un grupo de soldados vestidos de verde que avanzaban hacia el pueblo. Llevaban sus armas en alto, y varias banderas americanas que flameaban en el cielo, colgadas en el cañón de un tanque, en la antena de un vehículo sin techo y mástiles improvisados. A la distancia, los pobladores de Altheim no podían ver los rostros de los americanos, sus facciones, pero eso les importaba poco y nada.

—Espero que traigan cigarrillos —dijo un hombre, junto a Slawka.

—Y chocolates —dijo el niño que estaba junto a él.

Claudia lo miraba todo en silencio. Ígor y Slawka tampoco hablaban. Iván repetía a voz en grito las palabras en inglés que había aprendido en los últimos días.

Poco a poco, el rostro de los soldados americanos fue tomando forma a medida que se acercaban. El batallón enfiló por una curva del camino, y todos desaparecieron detrás de un edificio. Pronto, el rugido de los motores de sus vehículos comenzó a oírse en las calles de Altheim.

Al fin, los soldados alcanzaron la calle principal del pueblo y comenzaron a avanzar, rodeados por vieneses y ucranianos que los observaban asombrados, confundidos, derrotados.

—¿Son monos? —preguntó un niño.

—No, tienen el rostro pintado para camuflarse —dijo otro.

Después de unos minutos de asombro, todos en Altheim se lanzaron sobre los americanos rogando cigarrillos, comida y dinero a cambio de trabajo. Los americanos, un batallón de hombres de color, los observaban con desconfianza. ¿Dónde estaba la maquinaria de guerra alemana? ¿Y el orgullo ario? No habían necesitado disparar ni una sola bala para conquistar el pueblo.

—Derrotados por una manada de monos —dijo Claudia entre dientes.

Slawka no le prestó atención.

Si hubiera sido por ella, se habría lanzado a los brazos de los americanos. Quería estrechar sus manos, darles las gracias, gritar que la guerra había terminado. Alemania había caído, al fin. Y ella había cumplido la promesa que le había hecho a su padre hacía ya cuatro años, cuando partió de Lwow: había mentido, había escapado, había rezado, había callado, había fingido.

Había logrado sobrevivir.

—¿Y ahora? —preguntó Ígor.

Pero Slawka no supo qué responderle.

30

Con la llegada de los americanos, en Altheim, como en la mayoría de los pueblos y ciudades de Europa, comenzó el éxodo de los desplazados. En aquellos primeros días, Iván regresó a casa de su maestro de inglés y se encontró con que el hombre y toda su familia habían desaparecido.

Slawka sonrió. No se había equivocado. El hombre debía de ser judío. Seguramente, se había marchado en busca de sus sobrevivientes. Slawka se alegró por él. Sin embargo, la salvación de aquel judío no bastaba para darle esperanza.

Aquellos primeros meses Slawka sintió una profunda tristeza. Esperaba ese momento desde que tenía once años y ahora que había llegado su liberación, sólo podía disfrutarla con recuerdos. Había hecho todo lo que le habían mandado. Pero nadie le había dicho cómo actuar cuando acabara la guerra. No tenía adónde ir. El único apoyo se lo brindaba Claudia, y Slawka esperaba que ella le dijera qué debía hacer.

Se lo dijo en septiembre.

Estaban sentadas a la mesa de la casa de Altheim. Slawka estaba aburrida de esperar algo que no sabía qué era.

—Debes volver a estudiar —dijo Claudia.

Slawka asintió.

—En Salzburgo han abierto un internado para que tú y los demás jóvenes ucranianos continúen con sus estudios.

A Slawka le daba lo mismo ir a cualquier parte. Tan solo quería ir lejos de la guerra, de los soldados y de la incertidumbre de los vencidos.

—Ígor irá contigo —dijo Claudia.

—¿Cuándo nos marcharemos?

Pocos días más tarde, Claudia la acompañó hasta la plaza de Altheim. Allí la esperaba un camión que la conduciría a ella, a Ígor y otros jóvenes hasta Braunau am Inn para que tomaran el tren hacia Salzburgo. Al encontrarse con Ígor y los demás jóvenes, Slawka se sintió mejor. Los vio sonreír, hacer bromas, y supo que eso la ayudaría a retomar su vida. O, al menos, la vida de Slawka.

Se despidió de Claudia con tristeza.

—Estudia, Slawka. Tienes que vivir —dijo Claudia.

Slawka estaba harta de oír esa frase.

Con alegría, los jóvenes se despidieron de sus familias. Slawka fue la última. Se demoró unos minutos abrazando a Claudia. Luego, tomó la mano que Ígor le ofrecía, y subió al camión. Desde allí saludó a Claudia, a Halina y a Iván y, lentamente, a medida que el vehículo se alejaba, se preguntó con qué se encontraría en Salzburgo.

Durante todo el viaje, Slawka conversó con Ígor y los muchachos que viajaban con ellos. Hablaban de la guerra, cómo habían escapado, dónde se habían escondido. Sólo dejaban de hablar cuando el camión era detenido por alguna patrulla americana. Entonces debían incorporarse, bajar al camino y guardar silencio mientras los americanos revisaban el camión en busca de armas o nazis escondidos. Luego volvían a subirse, obedientes, y continuaban su marcha bajo la mirada de los americanos.

Horas más tarde, el camión se detuvo en la estación ferroviaria de Braunau am Inn. Ígor, Slawka y los demás bajaron y se despidieron del conductor. El grupo avanzó hasta el andén, donde se encontraron con otros jóvenes ucranianos que viajaban a Salzburgo para estudiar en el mismo internado al que ellos se dirigían. No se conocían, pero rápidamente Slawka, Ígor y los demás los saludaron y comenzaron a hablar con ellos.

Hasta que, de pronto, sin motivos aparentes, Slawka comenzó a reír de forma convulsa. Todos la miraron, sorprendidos.

—¿Qué te ocurre, Slawka? —preguntó Ígor.

Slawka no contestó. No podía hablar. No podía hacer otra cosa que reírse, que llorar. No podía dominarse, algo se había adueñado de ella. Una sensación extraña, única.

Al fin, señaló el extremo opuesto del andén.

Al ver a los cinco judíos jasídicos que esperaban el tren, los demás jóvenes que estaban con ella también comenzaron a reír.

—Ja, mira a esos judíos disfrazados —dijo Ígor.

Pero Slawka seguía riendo. De pronto, comenzó a ahogarse. Con la respiración agitada, le faltaba el aire. Tuvo que sentarse en un banco para recobrar el aliento mientras Nusia volvía a emerger, celebrando la presencia de aquellos cinco hombres embutidos en sus caftanes, con las largas barbas que caían de su rostro, los peyes que colgaban de sus sienes como una prueba fehaciente de que los alemanes habían fracasado. Aún quedaban judíos vivos en Europa.

Salzburgo era administrada por las fuerzas de ocupación americanas, inglesas, francesas y rusas. Sin embargo, eran los soldados americanos los que patrullaban las calles y tenían el dominio militar de la ciudad. Slawka y los demás lo supieron al bajar del tren, y ser interrogados nuevamente. Al conocer su nacionalidad, uno de los americanos les ordenó que siguieran a la patrulla que los escoltaría hasta el internado. Era demasiado peligroso que anduvieran solos por la calle.

—¿Por qué? —preguntó Slawka.

—Por los rusos —respondió uno de los americanos.

Slawka y los demás tomaron su equipaje y siguieron a los americanos a pie a través de la ciudad. Aquella primera caminata les reveló que estaban en una ciudad tan bella como peligrosa. Al verlos pasar, los soldados rusos que custodiaban las dependencias rusas, los miraban y los señalaban con sus fusiles, dejando en claro que no les disparaban sólo porque eran escoltados por los americanos.

Al llegar al internado, un edificio inmenso de dos plantas, los jóvenes se sintieron aliviados. Los americanos les indicaron la puerta y esperaron que entraran antes de marcharse.

Dentro, Slawka fue conducida al dormitorio de la segunda planta, destinado a las niñas. La celadora le mostró una de las camas vacías y le dijo que podía colocar sus pertenencias en uno de los roperos empotrados en la pared. Después, le dijo que tenía media hora hasta el almuerzo y se marchó. Slawka comenzó a deshacer la maleta ante la mirada de las otras niñas cuando, de pronto, alguien gritó su nombre. Desconcertada, vio a una niña que se acercaba desde el fondo del dormitorio con los brazos extendidos.

—Lala —dijo Slawka, feliz, al ver a su antigua compañera de clases de Varsovia.

Las dos niñas se abrazaron.

Sentadas en la cama, conversaron hasta la hora del almuerzo. Entonces bajaron las escaleras tomadas de la mano. Lala la condujo al comedor, donde ya estaban ubicados todos los niños que vivían en el internado. El salón estaba dividido en dos largas mesas. En una, se ubicaban los niños. Slawka pudo ver que Ígor la saludaba con una sonrisa. Ella le devolvió el saludo y siguió a Lala hasta la otra mesa. Lala se acercó a unas niñas y les dijo:

—Ella es mi amiga Slawka. Es hija adoptiva del general Marko Bezruchko.

Las niñas la miraron con asombro. Seguramente, en sus casas habrían oído hablar del lugarteniente de Petliura. Amparada en ese respeto, Slawka dijo:

—Déjenos sitio para que podamos sentarnos juntas.

Inmediatamente, dos de las niñas se incorporaron y les ofrecieron sus lugares a Slawka y Lala. Aquel respeto que le habían dedicado las niñas la avergonzaba. Sin embargo, sabía que no debía desaprovecharlo.

Esa noche, después de asearse en los baños, Slawka llevó sus cosas a una cama ubicada junto a la de Lala. Su amiga había convencido a otra niña de que le dejara su lugar a la hija de Bezruchko, y ahora la estaba ayudando a tender las mantas sobre el colchón. De fondo, se oía el rumor de conversaciones lejanas, risas y murmullos que flotaban en el aire del dormitorio.

Pero de pronto la puerta comenzó a agitarse con violencia.

—Adelante —gritó una de las niñas.

A continuación, cinco muchachos altos y fornidos entraron corriendo, con la respiración agitada.

—¿Qué ocurre? —le preguntó Lala a uno que se había acercado a ella.

—Necesitamos las armas.

Inmediatamente, Lala se incorporó y quitó el colchón de su cama. Sobre los resortes de metal, Slawka vio cinco pistolas. Los jóvenes se acercaron y las recogieron. Mientras ellos se aseguraban de que los cargadores tuvieran municiones, Slawka miraba a Lala con sorpresa. Su amiga le guiñó un ojo, pero no logró tranquilizarla.

Los jóvenes empuñaron las pistolas y salieron del dormitorio a toda velocidad.

—¿Qué ocurre? —preguntó Slawka.

—Los comunistas. Eso ocurre —dijo Lala.

Entonces, desde afuera llegó el estruendo de unos disparos. Algunas niñas comenzaron a rezar. Las más pequeñas lloraban.

—¿Qué es esto? —preguntó Slawka.

—Los rusos no tienen poder sobre esta escuela. Oficialmente, no pueden entrar. Ni ellos ni los americanos ni nadie. Salvo los ucranianos —dijo Lala, con un tono pedagógico que contrastaba con los ruidos que llegaban de la calle.

Afuera se oyó otro disparo. Lala se incorporó y sigilosamente se acercó a una de las ventanas. Con cuidado, se asomó lo suficiente para mirar sin ser vista. Luego volvió a la cama y siguió hablando:

—Como no tienen permiso oficial para entrar, por las noches los rusos entran a escondidas para secuestrarnos y conducirnos a Siberia.

—¿Y las armas?

—¿Para qué crees que son? Para defendernos... —dijo Lala, golpeando una de sus rodillas con la mano derecha—. Cada noche es igual: los rusos matan a los guardias, intentan entrar y escapan con los primeros disparos.

Poco a poco, afuera se fueron apagando los sonidos, hasta que al fin sólo se oyó el rumor del viento que movía las copas de los árboles. Slawka se acostó boca abajo. No quería que Lala ni nadie la viera.

Cerca del amanecer, se despertó con el sonido de unos pasos. Eran los jóvenes que regresaban para esconder las armas. Cuando se las entregaron a Lala, ella volvió a ocultarlas debajo de su colchón. Entonces Slawka preguntó:

—¿Y por qué escondes tú las armas?

—De día, los americanos entran a requisar el dormitorio de los hombres. Si encuentran armas, se las llevan, por más que sepan que son para defendernos de los rusos. A los americanos les da igual. No saben nada de nosotros. No saben que los rusos son el diablo, y que nosotros estamos indefensos.

—Tan indefensos no, Lala. Hoy matamos a dos rusos —dijo uno de los muchachos.

Las niñas aplaudieron. Los muchachos se despidieron y regresaron a su dormitorio mientras Slawka seguía sin poder creer lo que pasaba.

En diciembre, bajo un cielo helado que arrojaba copos de nieve, Slawka se marchó a Altheim a pasar las fiestas con Claudia. Durante tres días, acompañó a su madrastra a la iglesia, cenó con ella y con Halina e Iván y se enteró de que el matrimonio planeaba marcharse a América.

—Nos iremos todos —dijo Claudia y, ante el silencio de Slawka, agregó—: Tú vendrás con nosotros. En América todos podremos comenzar una nueva vida sin temor a los bolcheviques.

—Pero… no tenemos pasaportes… —comenzó a decir Slawka.

—No te preocupes —dijo Claudia—, Iván se encargará de todo.

Después de las fiestas, Slawka, Ígor y los demás jóvenes volvieron a encontrarse en la escuela de Salzburgo. Comenzaba 1946, los americanos seguían persiguiendo nazis y los rusos a los ucranianos y los polacos que habían sido antiguos colaboracionistas. En el internado, las incursiones de los rusos se repetían cada noche. A veces, Slawka pensaba en Rudolph, en su fanatismo por el comunismo, en aquel viejo retrato de Stalin que había sido consumido por las llamas.

Cuando llegó el verano, los jóvenes olvidaron las armas por un rato y volvieron a disfrutar del buen tiempo. Invitada por Lala, Slawka se unió a un grupo de *boy scouts* integrado por jóvenes ucranianos. Cada viernes, se marchaban a la playa y acampaban en la costa del río. Cantaban, reían y compartían planes para el futuro. Un día, de regreso de una de esas excursiones, desde el tranvía en el que viajaba Slawka pudo ver a lo lejos un campo delimitado por un alambrado, repleto de gente.

—¿Qué es eso? —preguntó.

—Son judíos —dijo Lala. Y al ver el gesto contrariado de Slawka, agregó—: Sí, ya lo sé. Es increíble que aún estén vivos, ¿verdad?

31

Nadie sabía que estaba allí. Les había dicho a todos que iría a llevar un libro a la biblioteca. Pero había cruzado Salzburgo, había pasado junto a la biblioteca y había seguido caminando durante más de una hora. Ahora estaba allí, con los ojos abiertos de par en par, inmovilizada por el triste espectáculo que veía.

Al otro lado del cerco, hombres y mujeres famélicos, vestidos con harapos, conversaban sentados en el suelo, o dormían, o miraban el cielo y la inmensidad con los ojos en blanco, como si tuvieran un velo que les impidiera ver lo que los rodeaba. Aquello no era muy distinto al gueto. Al menos no estaban obligados a llevar el brazalete con la estrella de David.

Lentamente, Slawka se fue acercando a la puerta. El campo parecía una improvisada torre de Babel, donde los refugiados hablaban en cientos de lenguas. Algunos tenían cicatrices en el rostro, signo de antiguas torturas. Otros se preocupaban de cubrirse las muñecas con la ropa para esconder los tatuajes con que los alemanes los habían marcado.

Vio una oficina custodiada por hombres armados. Seguramente allí podrían ayudarla. Sin embargo, algo le impedía avanzar. Se sentía avergonzada por la suerte que había tenido. ¿Acaso no había vivido los últimos años entre ucranianos y alemanes antisemitas? ¿No había participado de sus bailes y festines? ¿No se había convertido en una católica, en una ucraniana que decía odiar a los judíos y a los comunistas? Y en todo caso, ¿no era cierto que había sobrevivido y había evitado las penurias de los desgraciados que estaban frente a ella?

Había algo que la unía a toda aquella gente desplazada. Los muertos. Todos allí habían perdido amigos, hijos, madres, padres, abuelos..., pero Slawka no se sentía ni con el derecho ni con el valor de exigir nada, ni siquiera de recordar y aceptar cada una de sus desgracias, de sus pérdidas.

Si bien durante los últimos días había pensado en presentarse allí, ahora no se animaba a enfrentarse con la realidad de saber que sus padres estaban muertos. Al fin, se armó de valor y cruzó la puerta del campo. Poco a poco fue atravesando el largo pasillo rodeado de hombres y mujeres, y se acercó a la pequeña oficina de la UNRA. La recibió una mujer con anteojos, que fumaba y la observaba en silencio, con un lápiz en una mano y un listado en la otra.

—Hola —dijo Slawka, con un murmullo.

—Hola, niña. ¿A quién buscas? —preguntó la mujer.

Slawka no supo qué responder. Sabía que había ido allí a buscar a su madre en la lista de sobrevivientes, pero ahora entendía que no era sólo eso lo que buscaba. En silencio, se volvió para mirar a los refugiados. A lo lejos, un joven le arrojó un beso con la mano. Slawka se ruborizó. Detrás de ella comenzó a formarse una fila de personas que no vivían en el campo, pero que habían llegado hasta allí para apuntarse en la lista de los sobrevivientes. Slawka guardaba silencio. Alguien de la fila se quejó por su lentitud. Entonces, la mujer que la había recibido preguntó:

—¿Cómo te llamas?

Slawka la miró con espanto. Recordó un nombre lejano, pero de sus labios no brotó ningún sonido.

—¿Cómo dices?

Respiró hondo. Volvió a intentarlo.

—Nusia —dijo.

—¿Nusia qué? —insistió la mujer.

—Nusia Stier.

La mujer anotó su nombre en el listado.

—¿De dónde eres?

—De Lwow.

La mujer anotó otra cosa y luego alzó los ojos del listado.

—Ya está. Tu nombre se publicará en los listados de todos los campos de refugiados. Si alguien de tu familia vive, te buscará.

Slawka agradeció aquella falsa promesa con una sonrisa. Luego se alejó de la fila y se dirigió a una pared donde estaban pegados los listados con el nombre de todos los judíos sobrevivientes registrados. Acercó los ojos, miró fijo los primeros nombres, pero le costaba mucho trabajo concentrarse en la lectura. Las letras parecían fundirse con el papel blanco, le resultaba imposible leer nada. Acercó su índice derecho para ir recorriendo los renglones, y entonces vio que le temblaba la mano. Junto a ella, otras mujeres buscaban a sus propios muertos con la esperanza de que hubieran logrado sobrevivir.

Poco a poco, Slawka fue leyendo cada uno de los nombres. Al cabo de una hora, se alejó de la pared con un nudo en el estómago. Helena Stier no figuraba entre los vivos. Sin embargo, Slawka se negó a aceptar que su madre estuviera muerta. La mujer de la UNRA le había dicho que cada día se agregaban cientos de nombres a la lista de sobrevivientes, que debía aguardar, que debía tener esperanza.

Durante unos meses, Slawka continuó con su nueva doble vida. En la escuela seguía siendo la niña ucraniana que estudiaba, conversaba con sus amigas, paseaba, se divertía. Por las tardes, cuando sus compañeras la perdían de vista, ella se escabullía por el portal y se lanzaba a las calles con miedo y vergüenza. La asustaba la idea de que los ucranianos descubrieran quién era, pero también la avergonzaba que los judíos de los campos supieran por qué y cómo había sobrevivido. A veces, la angustia la sobrepasaba y olvidaba que todo lo que había hecho había sido por pedido de sus padres. Todos la habían empujado a mentir, a mimetizarse con los otros, los asesinos, y ahora que había llegado la hora de volver a ser quien era, Nusia no podía resurgir por la culpa que Slawka seguía cargando. Pero lo intentaba. Cada día se presentaba en uno de los campos de refugiados de Salzburgo y buscaba a su madre, a su tía y a sus primos entre los sobrevivientes. Los nombres que leía nunca eran los que ella buscaba. No había noticias de Roman, ni de Irene, ni de Helena, ni de la tía Ruzia. Todos estaban muertos.

A veces pensaba que, en lugar de un listado de sobrevivientes, la UNRA tendría que haber confeccionado un listado de víctimas. ¿O acaso la mayoría no había muerto? Deseaba leer el nombre de su madre en algún listado, ya fuera el de los vivos o el de los muertos. Lo que no soportaba era la incertidumbre. ¿Qué sería de su vida?

¿Volvería a ser Nusia? ¿O viviría como Slawka hasta el fin de sus días?

En octubre, su incertidumbre había sido eclipsada por la desesperación. Llevaba más de cinco meses sin encontrar a su madre. En los campos que visitaba, todos estaban demasiado ocupados para prestarle atención a ella, tan bien vestida, tan bien peinada, sin ninguna marca de la guerra, tan hermosa, sana y bien alimentada. Tan distinta a los otros, a esos fantasmas delgados que deseaban que la espera acabara pronto.

Un día, harta de esperar, se presentó en uno de los campos para ponerle fin a eso. Quería hablar con una autoridad. Ella, la falsa hija adoptiva de un general ucraniano, quería que le prestaran la atención que merecía y que había recibido en los últimos años. Sin embargo, cuando se acercó al oficial que custodiaba la puerta del campo, este apenas si le prestó atención.

—Necesito hablar con el director —repitió Slawka.

—Está ocupado —dijo el oficial.

—Pero necesito saber si mi madre está viva.

—Búscala en los listados.

—No la encuentro.

—Entonces debe de estar muerta, como la mayoría. Apártate. Libera la puerta —dijo el oficial.

Slawka se alejó unos pasos, hasta quedar en medio de los refugiados. Miraba el suelo para no enfrentarse con sus ojos. Pero podía oírlos.

—Mira esa hermosura —decía uno.

—Está intacta —decía otro.

—Tiene todos los dientes, y mira su cuerpo —dijo un tercero.

Slawka alzó la vista para mirar al oficial, con la esperanza de que le permitiera hablar con el director del campo. El hombre ni siquiera le devolvió la mirada. Entonces, Slawka vio que uno de los refugiados que la habían estado observando se incorporaba.

—Hola, hermosa —dijo el joven, intentando seducirla con el despojo de vida que le quedaba.

Slawka se alejó un paso, aterrorizada por la visión de aquel espectro.

En ese momento, detrás de ella una voz lasciva dijo:

—Qué hermosa chica, ven conmigo.

Sintió que alguien la tomaba de la mano. Se volvió y descubrió a un hombre pequeño, con barba negra y el iris de los ojos de color amarillo.

—Suéltame —dijo Slawka, en ucraniano.

Pero ya era tarde. El hombre tiraba de ella.

—Ven conmigo —decía.

Entonces, el hombre que le había hablado primero la tomó de la otra mano y comenzó a tirar hacia su lado. De pronto Slawka se había convertido en un objeto que se disputaban dos refugiados groseros, brutos, que reían con las encías vacías de dientes y gritaban:

—Ven conmigo, hermosa.

—No, ven conmigo.

Slawka comenzó a llorar. Empujó a los dos hombres, que cayeron al suelo sin fuerzas para oponer resistencia. Tan débiles, tan despojados de razón, de dignidad. La mitad de los judíos habían muerto, y la otra mitad se había convertido en eso por culpa de los alemanes. Slawka se echó a correr a toda velocidad. Cruzó la puerta del campo, atravesó Salzburgo y sólo dejó de correr cuando alcanzó la entrada del internado.

Mientras subía las escaleras, pensó que todo había terminado. Su madre estaba muerta. Tenía que aceptarlo: ya no tenía que buscarla en los campos, sólo en sus recuerdos.

32

Cuando llegó el mes de agosto, los estudiantes del internado se despidieron y se marcharon a pasar las vacaciones con sus familias. Slawka e Ígor viajaron en tren hasta Braunau am Inn, y de allí se dirigieron a Altheim a bordo de un camión, con los dos muchachos con los que habían viajado hacía ya un año.

Durante el viaje, Slawka intentó concentrarse en las montañas, en el canto de los pájaros o en la brisa que le removía el cabello trenzado. Pero no podía. Todo le recordaba a su madre, a la ausencia de su madre. Ígor conversaba con los muchachos y hacía planes para las noches que pasarían en el pueblo. Al llegar a Altheim, se dirigieron a casa de Claudia. A medida que avanzaban, descubrían los cambios que se habían producido en su ausencia: Altheim estaba más vacío que antes. Sus pobladores, desesperados, se habían marchado a las ciudades en busca de trabajo y dinero.

Como Halina e Iván, que seguían planeando su viaje a América. Slawka e Ígor lo supieron el mismo día de su llegada. Iván le había escrito a un tío suyo que vivía en Winnipeg, Canadá, y habían recibido una respuesta alentadora. El tío los esperaría hasta que pudieran viajar. Por eso, en casa de Claudia se respiraba un aire nuevo, cargado de expectativas y esperanza. El reencuentro con Claudia fue un bálsamo para Slawka. Ahora que sabía que su madre había muerto, la figura de Claudia había tomado más relevancia. Aquella mujer que la había salvado de los nazis seguía siendo su único apoyo.

Esa noche cenaron todos juntos y luego Ígor y Slawka se marcharon para encontrarse con los muchachos del camión y otros amigos ucranianos. Al verla salir, Claudia le dedicó una sonrisa:

—Cómo has crecido, Slawka. Ve, diviértete. Pero regresa temprano, que mañana iremos juntas a misa.

Slawka la besó y se marchó con Ígor.

Pasaron toda la noche conversando y escuchando música con otros jóvenes. Slawka regresó poco antes del amanecer. Se sentía extraña. Era como si su alma, moldeada a partir de persecuciones y mentiras, quisiera hacer las paces con ese cuerpo que la albergaba y al que todos llamaban por un nombre que no era el suyo. Con cuidado, entró en casa y se acostó sin hacer ruido para no despertar a Claudia.

Minutos, horas, días después, oyó que la llamaban.

—Slawka, despierta.

Con los ojos cerrados, Slawka estiró las piernas y volvió a arroparse en la cama.

—Slawka, ya es tarde —insistía la voz.

Slawka sabía que había llegado el momento.

—Slawka, es domingo. Debemos ir a misa —dijo Claudia, al fin.

Con los ojos cerrados, Slawka oyó a Nusia decir:

—Soy judía.

Sólo entonces abrió los ojos. Quería comprobar el efecto de sus palabras, y se encontró con los ojos desorbitados de su madre adoptiva, que no podía salir de su asombro.

—¿Qué dices? —preguntó Claudia.

—Que soy judía —dijo Slawka, o Nusia. Ya no sabía quién era la que hablaba. Lo único que sabía era que la guerra había terminado, que su familia biológica había muerto y que ella estaba harta de mentir.

—Estás loca, Slawka —dijo Claudia con el rostro desencajado.

—No lo estoy. No voy a ir más a la iglesia porque soy judía.

Lentamente, Claudia fue dejándose caer en la cama, hasta sentarse junto a Slawka.

Se miraron en silencio. Slawka había fantaseado con ese momento durante todos los años que llevaba viviendo con Claudia. Siempre se había preguntado lo mismo: ¿qué diría ella cuando se enterara de que había adoptado y protegido a una judía polaca y no a una huérfana ucraniana católica? Pero ahora eso le importaba poco y nada. Lo único que quería, que necesitaba, era hablar, contar, dejar que Nusia y Slawka se enfrentaran de una vez por todas con los fantasmas de los que venían escapando hacía ya tanto tiempo.

—Nací en Lwow. Mis padres eran judíos. Vivíamos muy bien, incluso después de que llegaran los rusos. En 1942, cuando los alemanes nos invadieron, mi padre me consiguió los documentos de Slawka Jendrus, una niña ucraniana muerta. Así llegué a Varsovia, y entré en el orfanato donde nos conocimos. Mi padre y mi hermana murieron poco después, en Lwow.

Claudia la escuchaba en silencio. En su rostro no había un solo gesto de reproche, de acusación ni de furia.

—Irene, aquella chica que conociste en Varsovia, era mi prima. Ella también era judía. Mi madre y la madre de Irene también vivían en Varsovia cuando nosotras nos marchamos y los alemanes bombardearon la ciudad —dijo Nusia, llorando.

En el rostro de Claudia, Slawka vio que ahora se estaba librando una batalla que podía definir su futuro. Sin embargo, Claudia le tomó la mano y preguntó:

—¿Pero tu madre...? —sin atreverse a completar la frase.

—Está muerta. No figura entre los sobrevivientes.

—Pero... algún familiar tuyo habrá sobrevivido, ¿no? —preguntó Claudia, casi con culpa.

—Ninguno. Estoy sola —dijeron Slawka y Nusia al mismo tiempo y siguieron hablando durante horas.

Claudia oyó toda la historia en silencio, sin interrumpirla. Cuando Slawka dejó de hablar, su madre adoptiva se incorporó y fue hasta la cocina. Regresó con un vaso de agua, y se lo tendió a Slawka. Ella bebió un sorbo, pero el agua fresca no bastó para aliviar el ardor que sentía en la boca, en la garganta, en el pecho.

Al fin, Claudia la miró a los ojos y preguntó:

—¿Y qué piensas hacer?

Slawka bajó la vista.

—No pienso en nada. No tengo adónde ir, todos han muerto. Estoy sola.

—¿Quieres quedarte con nosotros? —preguntó la mujer de Bezruchko.

—Sí —dijeron Nusia y Slawka al mismo tiempo.

—Entonces debes bautizarte —dijo Claudia, incorporándose.

Slawka asintió.

A esas alturas le daba lo mismo. A fin de cuentas, siempre sería una judía perseguida. Poco le importaba someterse a un ritual de una religión que no era la suya. Lo único que quería era conservar el cariño de Claudia, la seguridad que le daban sus caricias, las únicas que el mundo tenía para ella.

Así fue que, días más tarde, Slawka fue bautizada en una iglesia ortodoxa de Altheim. Una ceremonia íntima, para que nadie en el pueblo conociera la verdadera identidad de Slawka. Cuando el sacerdote la ungió con el agua bendita, Claudia le sonrió a la distancia.

Ni ese día ni los siguientes que permaneció en Altheim oyó el más mínimo reproche de Claudia. Su madre adoptiva la había aceptado con una condición, y ella había cumplido sus deseos. No se debían nada más que el cariño que las unía. Al fin, llegó el momento de regresar a Salzburgo. Al despedirse de Claudia, Slawka la oyó decir:

—Disfruta tus últimos días en la escuela. Pronto todos nos marcharemos a Canadá y comenzaremos una nueva vida.

33

De haber querido, Slawka hubiera sepultado a Nusia en el recuerdo. Pero no podía. Algo le impedía olvidar el pasado. Tal vez por eso continuaba visitando los campos. Visitaba uno distinto cada día. Repasaba los nombres de los sobrevivientes de uno en uno, y cuando terminaba volvía a empezar. Lo hacía con una dedicación absurda. Sabía que su madre estaba muerta, pero sentía que le debía aquel esfuerzo a Nusia, por más que los resultados de su búsqueda siempre le produjeran tristeza.

En diciembre de 1946 tomó un trolebús hasta la estación de trenes para sacar un pasaje a Altheim, ya que en unos días iría a pasar las vacaciones de Navidad con Claudia. Estaba mirando la belleza de Salzburgo por las ventanas cuando de pronto el trolebús chocó contra un camión militar. Con el impacto, Slawka cayó al piso y se golpeó un hombro contra los asientos.

—Jesús, María… —gritó Slawka en el suelo, repitiendo la muletilla que había incorporado desde que vivía con Claudia.

Un hombre que viajaba con ella le tendió la mano y la ayudó a incorporarse.

—¿Hablas polaco o ucraniano? —le preguntó el joven.

Slawka lo miró. Sabía que había soltado una exclamación, pero no recordaba en qué idioma lo había hecho. De modo que respondió:

—Hablo los dos idiomas. ¿Por qué?

Mientras el chofer del trolebús discutía con los dos americanos que iban en el camión, el joven, muy caballeroso, invitó a Slawka a sentarse junto a él.

—¿De dónde eres? —preguntó el muchacho con una sonrisa.

—De Lwow —respondió.

El joven sonrió.

—Qué casualidad..., ¿o será el destino? Acabo de regresar de Lwow y mañana vuelvo a partir hacia allí.

En ese preciso momento, ocurrieron dos cosas. La primera fue que el trolebús volvió a ponerse en marcha. La segunda fue que Nusia le sugirió algo a Slawka en silencio. De repente, ella dijo:

—Escúchame, si yo escribo una carta, ¿me harías el favor de llevarla a Lwow?

El joven volvió a sonreír, pero esta vez la tomó de la mano.

—Por supuesto. Será un placer ayudarte.

En los ojos del muchacho descubrió un brillo de interés. Slawka supo que el deseo del joven haría posible que ella cumpliera sus propios deseos. Así fue que, con una sonrisa seductora, alentó las fantasías del muchacho y le propuso que se encontraran en un café del centro al día siguiente.

Regresó al internado con una alegría infantil. Cuando, después del almuerzo, sus compañeras se reunieron para conversar en el patio, Slawka fingió cansancio y se marchó al dormitorio. Allí, escondida en un rincón, con lápiz y papel, fue Nusia quien comenzó a escribir la carta. La de Roman era la única dirección que recordaba donde cabía la posibilidad de que viviese alguien. Rápidamente, llenó la hoja de papel con preguntas de trazo dubitativo. «¿Vive mi madre? ¿Vives tú, Roman? ¿Qué ha sido de Irene? ¿Y la tía Ruzia?» Como remitente, colocó la dirección de la escuela. Cuando terminó de escribir, y leyó la carta con lágrimas en los ojos, se sintió tonta. ¿Para qué la había escrito? ¿Acaso creía que los fantasmas leían y respondían las cartas? No quiso pensar en eso. Aquella era la última posibilidad de comunicarse con su familia antes de marcharse a América. Una botella al mar con un mensaje que se perdería en la inmensidad de un desierto de cenizas.

Sin embargo, al día siguiente se presentó puntual en el café donde la esperaba el polaco. Durante los quince minutos que estuvieron juntos, el muchacho intentó seducirla de todas maneras. Ella lo escuchaba en silencio, fingiendo interés para asegurarse de que él entregara la carta.

Al fin, se despidieron y prometieron encontrarse cuando el muchacho regresara a Salzburgo.

El internado se fue vaciando rápidamente. Todos sus compañeros viajaron para pasar la Navidad en familia. Incluso Ígor, ansioso por marcharse, decidió irse antes que ella.

—¿Para qué quieres quedarte dos días más?

—Tengo cosas que hacer —dijo Slawka.

—Como quieras. Nos veremos en Altheim cuando llegues.

Durante dos días, Nusia esperó que alguien respondiera su carta. Al fin, al tercer día, aceptó que nunca recibiría una respuesta. Así fue que aquella noche del 22 de diciembre de 1946, Slawka comenzó a preparar el equipaje para viajar a Altheim.

En ese momento, alguien llamó a la puerta del dormitorio. Slawka miró a su alrededor. Estaba sola. Era la última de las niñas en partir. ¿Quién llamaría? Se acercó a la puerta con curiosidad.

Al abrir, descubrió a tres hombres. Inmediatamente, Slawka recordó que las armas de los muchachos seguían escondidas debajo del colchón de Lala. Los hombres la miraban con un gesto gélido y unos ojos impenetrables. ¿Serían americanos? No, debían ser rusos. Dos de ellos eran de la misma altura que Slawka y no parecían demasiado fuertes. Pero el tercero, un gigante de dos metros con un cuerpo de hierro y rostro encarnado, le inspiraba terror. Slawka retrocedió un paso, dispuesta a tomar las armas y defenderse en caso de que la atacaran.

—¿Está Slawka? —preguntó uno de los hombres en alemán.

—Soy yo. ¿Qué quieren? —dijo ella, desafiante.

—Te traemos saludos de tu madre —dijo otro.

Slawka lo miró con desconfianza.

—¿De mi madre? Qué extraño. Si estoy a punto de viajar a Altheim…

—No hablamos de tu mamá ucraniana. Quien te manda saludos es tu madre judía.

A Slawka comenzó a faltarle el aire. A tientas, buscó su cama y se sentó. Por un momento, estuvo a punto de rendirse ante la esperanza de Nusia. Pero a Slawka le resultaba evidente que aquellos rusos la estaban sometiendo a una prueba. Lo había vivido mil veces. En Varsovia, en Lwow, en Viena. Sólo debía mentir una vez más.

—Están locos. Yo no tengo madre judía —dijo e, inmediatamente, se incorporó y volvió a preparar su equipaje.

De pronto, el hombre que había hablado primero abrió su chaqueta y buscó algo en uno de los bolsillos interiores. Slawka contuvo el aliento. Sin embargo, el hombre no la apuntó con ningún arma. Lo que había retirado de su bolsillo era un papel.

—En esta carta tú preguntas por Roman... —comenzó a decir el hombre, y le mostró que el papel era nada más y nada menos que la carta que ella misma había enviado a Polonia.

Después de mucho tiempo, Slawka volvió a sentir miedo. El hombre comenzó a leer, fingiendo estar confundido:

—Roman... ¿Roman? ¿Desde cuándo se llama Roman? Su nombre es Abraham...

Slawka se puso pálida. ¿Cómo conocían sus verdaderos nombres?

—También preguntas por Irene, pero de ella no sabemos nada. Si quieres, podemos darte noticias de tu prima Eva...

—No sé de qué hablan... —dijo ella.

Llorando, Slawka les dio la espalda a esos hombres que habían venido a burlarse de ella o a amenazarla, y trató de concentrarse en la maleta. Pero era imposible, temblaba, lloraba, se le caían las cosas... Al fin, se tomó el rostro con las manos y volvió a sentarse en la cama.

En ese momento, el gigante, que había permanecido en silencio desde su llegada, dio un paso al frente, se acercó a ella y le dijo con una voz tan suave que parecía imposible que saliera de semejante cuerpo:

—Nusia, Nusia... ¿no me recuerdas? Yo iba a tu casa con Abraham a visitar a tu familia. Eras pequeña, muy pequeña. Mientras jugábamos al bridge, tú solías sentarte en mis rodillas...

—¿Mi madre vive? —preguntó ella, con un hilo de voz.

El gigante le acarició la frente con sus manos ásperas.

—Helena te espera en Polonia.

Entonces Slawka perdió el control.

—Mienten —gritó.

Nusia se derrumbó en el suelo, gimiendo, llorando a lágrima viva. De a ratos, volvía la mirada a los hombres, que intentaban calmarla con dulces palabras de consuelo. Pero ella no podía escucharlos, estaba fuera de sí. De pronto, Nusia era reclamada desde el fondo del infierno y Slawka no sabía qué hacer.

—Nusia, cálmate… —decían los hombres.

—Nusia, Nusia… —repetía Slawka, como si quisiera convencerse de que aquello que estaba viviendo era real. Hacía más de cinco años que nadie la llamaba por ese nombre.

Horas más tarde, agotada y feliz, Nusia preguntó:

—¿No me están mintiendo?

—Nunca mentiríamos sobre algo así —dijo el gigante.

—¿Entonces por qué mi madre no aparece en las listas?

—Se inscribió con su nombre de soltera, Remer, ¿la has buscado con ese apellido?

—No… —dijo Nusia, sonriendo, feliz de encontrarle una explicación a aquel desencuentro.

Uno de los hombres abrió la puerta del dormitorio y miró hacia afuera. Al volverse, ordenó:

—Está despejado. Vamos. Debemos ir a Correos a enviarle un telegrama a tu madre. Está desesperada. Lleva años buscándote.

Nusia asintió. Haría cualquier cosa que decidieran sus salvadores.

Buscó un abrigo, y los siguió escaleras abajo. Mientras caminaban por calles oscuras, los hombres miraban por sobre sus hombros, al frente, a sus espaldas, como si aún continuaran escapando de los alemanes.

Al llegar a Correos, uno de ellos escribió una breve nota cargada de felicidad: «Helena: Nusia vive». Al ver a Nusia sonreír, el gigante le pasó un brazo por los hombros.

—Helena vive en Bytom, una pequeña ciudad de Alta Silesia que ahora es parte de Polonia. Los rusos han cambiado incluso las fronteras. Lwow, tu ciudad, ahora se llama Lviv, y forma parte de Ucrania. Pero tú no tienes por qué preocuparte, Nusia. Pronto te reunirás con tu familia.

Nusia lo abrazó y le dio un beso la mejilla. Quería gritar, cantar, bailar. Por primera vez en cinco años se sentía feliz de verdad. Mientras volvían a ponerse en marcha, Nusia preguntó:

—¿Quiénes son ustedes?

—Buscadores —dijo el gigante.

—Buscamos a los sobrevivientes por toda Europa —aclaró otro de los hombres.

—¿Y cómo me encontraron?

Los hombres rieron.

—No te lo vas a creer —dijo el gigante.

—No me subestimes. He visto muchas cosas en estos años —dijo Nusia.

—El muchacho al que le entregaste la carta creía que había ligado contigo. Cuando comprendió que eso no ocurriría, le quitó importancia a la carta. Así fue que, en un campo de refugiados de camino a Lwow, entró a un baño y, aburrido, comenzó a leer lo que habías escrito. Le pareció extraño que preguntaras por la suerte de tantas personas, con nombres que no eran polacos… Salió del baño y comenzó a preguntarles a todos quién era de Lwow. Un hombre dijo que iba camino de esa ciudad, que había nacido en ella. Entonces el muchacho le dijo que tenía una carta muy extraña de una ucraniana que preguntaba por Roman Vinter. El hombre tomó la carta, la leyó y descubrió que eras tú, Nusia, la hija de Helena Remer —dijo uno de los hombres.

—Inmediatamente, el hombre, que conoce a tu madre, viajó a Bytom y le dio la noticia —completó el otro.

—Y aquí estamos —dijo el gigante, deteniéndose en la puerta de un edificio.

Nusia vio que en la puerta había una bandera polaca.

—¿Qué hacemos aquí?

—Es el Comité Polaco. Pediremos tu repatriación para que puedas regresar a Polonia.

Entraron. Los hombres se encargaron de todo. Hablaron con las autoridades, dieron el nombre de Nusia y firmaron los papeles correspondientes. Estaban acostumbrados a hacer aquellas cosas.

Cuando terminaron el trámite, los cuatro volvieron a salir a la calle. Mientras se dirigían de regreso al internado, el gigante dijo:

—Ahora recoge tus cosas. Nos iremos de aquí. Ya no necesitas esconderte entre los ucranianos.

Por primera vez en la noche, Nusia guardó silencio. Venía pensando en eso desde hacía unas horas. Con la mirada ensombrecida, Slawka dijo:

—No puedo irme así. Debo despedirme de mi madre adoptiva.

—¿Lo dices en serio? —preguntó uno de los hombres, asombrado.

—Si no fuera por ella, estaría muerta como los otros.

Los hombres se miraron. En sus gestos, Nusia pudo leer el fastidio que los embargaba. Pero, aunque se muriera de ganas de regresar de una vez por todas con su madre, Nusia sabía que Slawka debía hacer aquel último viaje a Altheim.

Les estrechó las manos, les besó las mejillas. No sabía cómo expresar su agradecimiento.

—Si necesitas algo, búscanos en el campo de refugiados —dijo el gigante.

34

Con sólo verla, Claudia supo que algo en Slawka había cambiado. Quizá fuera por su sonrisa, por el brillo de sus ojos, por su silencio, o por el largo abrazo que le dedicó al bajar del tren. Lo cierto es que Slawka parecía haber dejado de ser una niña para convertirse en esa mujer decidida que ahora caminaba junto a Claudia por las calles de Altheim. Su madre la miraba con intriga. Slawka, en cambio, se limitaba a abrazarla y a contarle cosas triviales de la escuela. Al llegar a la casa, Halina salió a recibirla. Su vientre había crecido de tamaño.

—¿Estás embarazada? —preguntó Slawka, sorprendida.

—Sí, pero nacerá en Canadá. Conocerás al bebé cuando viajes con Claudia —dijo Halina, sonriendo.

—¿Te irás?

—En unos días nos marchamos a Winnipeg —dijo Iván.

Claudia tomó de la mano a Slawka.

—Nosotras dos iremos más tarde, cuando acabes los estudios.

Slawka los contempló en silencio. Durante todo el viaje había pensado cómo les daría la noticia, pero ahora tenía la mente en blanco. Tan sólo quería mirarlos. De pronto, Slawka descubrió que el rostro aristocrático de Claudia mostraba nuevas arrugas. En su cabello, ahora ceniciento, apenas si se veían rastros de su antiguo color dorado. El tiempo había pasado para todos, no sólo para ella.

Al fin, dijo:

—Claudia, Halina..., quiero contarles algo.

Claudia la miró directo a los ojos, con un gesto de tristeza. Slawka le tomó la mano, se la besó y, llorando, dijo:

—Mi madre está viva.

—Me alegro —dijo Claudia, bajando la mirada.

—¿Y qué harás? —preguntó Halina, que para entonces seguramente ya habría oído la historia de Nusia de boca de Claudia.

Slawka no contestó. Sabía la respuesta, pero no hizo falta que hablara:

—Debes volver con ella —dijo Claudia, sin levantar la vista del suelo.

Como un acto reflejo, Slawka se incorporó y abrazó a su madre adoptiva, que la besó en la frente en silencio.

—¿Tienes su dirección? Quiero escribirle una carta —dijo Claudia de pronto, incorporándose, y dándole la espalda para que Slawka no la viera llorar.

Slawka permaneció en Altheim hasta el 12 de enero de 1947. Durante su estancia, nadie de su familia adoptiva hizo el menor comentario, ni el menor gesto, ni siquiera le dedicaron una mirada de reproche por tantos años de mentiras y por aquel repentino abandono. No hablaron del pasado, ni siquiera conversaron sobre lo que esperaban del futuro. Tan sólo se limitaron a sufrir la despedida.

Cuando llegó la hora de partir, Halina e Iván la estrecharon entre sus brazos y le desearon toda la suerte del mundo. Ígor, que permanecería unos días más en Altheim, la besó en la mejilla llorando, sin poder decir nada.

—Cuídate, Ígor, has sido un gran amigo —dijo Slawka.

Luego, ella y Claudia se marcharon solas a la estación. Mientras caminaba a su lado, Slawka recordó el día en que se habían conocido. Los gestos duros de Claudia, esa aspereza marcial que con el paso de los años se había convertido en cariño. Ahora, al verla, Slawka sólo podía encontrar momentos felices en su memoria. Sus cuidados, las horas que Claudia había pasado peinándole el cabello frente a un espejo en Varsovia.

Esperaron el ómnibus en silencio, y en silencio viajaron juntas hasta la estación de trenes de Braunau am Inn. Cuando el tren que la conduciría a Salzburgo entró en Braunau am Inn, Slawka acercó su maleta a uno de los vagones, se detuvo y se volvió para mirar a Claudia, que la seguía a unos pasos de distancia. Pronto, el inspector bajó del tren y solicitó los pasajes a los viajeros que esperaban en el andén. Slawka entregó el suyo. Lentamente, los demás pasajeros fueron subiendo hasta que sólo quedó ella.

Slawka tomó una mano de Claudia y se la besó.

—Gracias por todo, tía —dijo, y ya no pudo seguir hablando.

Se abrazaron con fuerza.

—Cuídate mucho, Slawka —dijo Claudia.

Permanecieron unidas hasta que el inspector hizo sonar su silbato. Entonces se separaron, y se miraron por última vez. Las dos lloraban.

Desde el extremo del andén, el inspector le gritó a Slawka que se apurara. Ella asintió y subió a la escalerilla del vagón. Cuando el tren comenzó a andar, Nusia vio que Claudia se cubría el rostro con las manos, mientras Slawka se marchaba para siempre.

A medida que se alejaba de Braunau am Inn, Nusia fue recuperando la calma. Lamentaba la despedida de Claudia, pero tenía razones de sobra para pensar que era lo mejor. Se sentía feliz, como si hubiera despertado de un largo sueño. Hasta el paisaje le parecía distinto, más hermoso, más real.

Poco a poco el tren se fue acercando a Salzburgo. Nusia estaba ansiosa por llegar y terminar de una vez por todas con aquella mentira de niña ucraniana. Eran tan fuertes sus deseos que hasta Slawka los comprendía. Al llegar, recogería todas las pertenencias que había dejado en la escuela, se despediría de todos y se reuniría con sus tres salvadores en el campo de refugiados para organizar el viaje a Polonia.

Al llegar al internado, le sorprendió encontrar cinco ucranianos en la puerta. Generalmente permanecían en el interior, para no exponerse a ser vistos o atacados por los rusos que pasaban junto a la escuela. Pero ese día estaban ahí, firmes, con sus armas en bandolera y los ojos atentos a los movimientos de la calle. Ni Slawka ni Nusia se inquietaron. Estaban acostumbradas a vivir entre hombres armados. Pensó que quizá la noche anterior hubiera habido un ataque de los rusos, y que por eso ahora los ucranianos custodiaban el exterior del edificio.

Los saludó con un gesto y subió las escaleras. Pero al pasar junto a los hombres, estos se volvieron hacia ella, apuntándole con las armas.

—Estás detenida —dijo uno de los ucranianos.

—¿Qué dicen? —preguntó ella.

—Andando —gritó otro de los hombres.

A punta de pistola, la condujeron hasta el interior. En el camino se cruzó con dos compañeras, que al verla apartaron la mirada. Esta vez, la noticia había llegado antes que ella.

La obligaron a entrar a una pequeña oficina vacía de la planta baja.

—¿Por qué me detienen? —preguntó Slawka, con furia.

Uno de los hombres dio un paso al frente y se colocó a un palmo de ella, sin dejar de apuntarle con su arma.

—¿Y todavía lo preguntas? Sabes demasiadas cosas de nosotros para que te marches a Polonia con los rusos.

Al salir, los hombres cerraron la puerta con dos vueltas de llave.

En ese momento, Slawka comprendió todo. Ella sabía el lugar exacto donde escondían las armas, el nombre de las autoridades del internado, conocía a los generales y coroneles que, como Sawicki, el padre de Lala, continuaban prófugos para no ser juzgados por crímenes de guerra... Sabía demasiado para que la dejaran escapar.

Se sentó en la cama y se llevó las manos al rostro. No podía ser cierto.

Se incorporó de golpe y comenzó a dar vueltas por la pequeña oficina. ¿Así iba a terminar todo?

Pasaron las horas. Al anochecer, un ucraniano al que no conocía abrió la puerta para entregarle un vaso de agua y un plato de comida.

—Déjenme libre..., no diré nada —gritaba Nusia.

—Cállate, judía traidora —le respondió el hombre—, están decidiendo qué van a hacer contigo.

La puerta se cerró y, furiosas, Slawka y Nusia comenzaron a golpearla, gritando:

—¡Ábranme! Soy ciudadana polaca.

Cuando se cansó de gritar, se sentó en el suelo con la cabeza entre las rodillas. De a poco fue perdiendo la razón, hasta que se quedó completamente dormida.

Al día siguiente, las cosas continuaron de la misma manera. Nadie le preguntó nada. Finalmente, por la tarde, dos hombres armados entraron en la oficina y le quitaron el equipaje.

—Ya no necesitarás esto —dijo uno de los hombres.

—Ya no necesitarás nada —dijo el otro, apuntándole a los ojos con su ametralladora.

Nusia le sostuvo la mirada. Había soportado demasiadas cosas para dejarse amedrentar por unos ucranianos asustados por la posible venganza de los rusos. Sabía que no la dejarían partir con la información que tenía. Si se quedaba, sería fusilada de un momento a otro. Tenía que escapar. Una vez más, tenía que escapar.

Esa noche, cuando las luces de la escuela se apagaron, ella se acercó a la ventana que daba al exterior. Con cuidado, pasó las manos por los bordes y tanteó una de las hojas corredizas. Lentamente, intentó abrirla. Nusia sonrió. Los ucranianos se habían preocupado más por amenazarla que por mantenerla encerrada. Conteniendo la respiración, Nusia abrió la ventana y saltó. Cayó sobre el asfalto de la calle. No le importó golpearse una rodilla: el aire fresco, la noche estrellada, le dieron más valor todavía. Se arrastró por el suelo y se ocultó en un rincón oscuro, para comprobar si alguien la seguía. El internado estaba en silencio.

Poco a poco se fue incorporando. Al fin, miró la inmensidad de Salzburgo que se abría ante ella y se echó a correr. Corrió durante más de una hora, sin detenerse, sin mirar atrás. Sólo dejó de correr cuando alcanzó la puerta del campo de refugiados en el que vivían sus salvadores. La recibieron dos judíos armados, que le cerraron el paso y le preguntaron su nombre. Con la voz entrecortada por el esfuerzo de la carrera, Nusia dijo quién era y pidió hablar con el gigante que la había rescatado. Rápidamente, fue conducida a una oficina donde le sirvieron comida y un té caliente.

Al verla, el gigante se acercó para abrazarla.

—¿Qué ha pasado? —preguntó.

—Los ucranianos quieren matarme para que no les dé información a los rusos —dijo Nusia.

El gigante permaneció en silencio durante unos segundos.

—No te preocupes —dijo después—, nosotros nos encargaremos de todo.

Nusia asintió, pero Slawka comenzó a llorar. No podía creer que sus propios amigos quisieran acabar con ella.

Pasó la noche en el campo. Después de tantos años volvía a estar rodeada de judíos.

A la mañana siguiente, el gigante se presentó ante ella acompañado por dos funcionarios polacos.

—Necesitamos hablar con ella —dijo uno.

—A solas —dijo el otro.

El gigante miró a Nusia. Ella asintió. Entonces el gigante dijo:

—Si necesitas algo, grita —y se marchó para que pudieran interrogarla.

Cuando se quedaron solos, los dos polacos se sentaron y comenzaron a atacarla con cientos de preguntas.

—¿Quién es la máxima autoridad del internado?

—¿Dónde esconden las armas?

—¿Dónde vive Sawicki? ¿Y los demás?

Aturdida, Nusia apenas podía entender sus preguntas. Hacía años que no hablaba polaco. Sin embargo, no tenía mucho que decir.

—No recuerdo nada, no sé de qué están hablando. Sólo quiero reunirme con mi madre.

Por más que quisieran matar a Nusia, Slawka no estaba dispuesta a traicionar a los ucranianos. Aunque no lo merecieran, sentía que debía protegerlos como la habían protegido a ella. Ante su silencio, los dos polacos comenzaron a impacientarse.

—Estás protegiendo a esos asesinos.

—No, les juro que no recuerdo nada.

Entonces, uno de los polacos se incorporó y le indicó que saliera. Confundida, Nusia lo siguió. El polaco señaló a un grupo de hombres que esperaban afuera, tras los límites del campo.

—A ver si esos ucranianos te refrescan la memoria.

—¿Los ves? Están ahí esperando para matarte.

—Mienten…

—Puedes comprobarlo con sólo cruzar la puerta. Anda, ve a saludar a tus amigos…

Al descubrir su presencia, los ucranianos se habían acercado a la puerta y la señalaban con furia. Nusia bajó la mirada. No podía negar lo que decía el hombre. Definitivamente estaba metida en una trama de espionaje. Los rusos y los polacos querían que confesara, los ucranianos querían asesinarla para que no hablara. Y ella, con la única persona que quería hablar era con su madre.

En ese momento, los tres judíos que la habían visitado en el internado se acercaron a ella. El gigante colocó una de sus pesadas manos en su hombro, y Nusia supo que ya no estaba sola.

—Se ha terminado la entrevista —dijo el gigante.

—Aún no —dijo uno de los polacos.

—Yo creo que sí —insistió el gigante, cruzándose de brazos.

A los polacos no les quedó más opción que marcharse. Mientras se alejaban, le dijeron a Nusia:

—Te estaremos vigilando.

Poco después de la partida de los polacos, Nusia fue llamada por el director del campo de refugiados. Se presentó junto al gigante, que no la dejaba sola ni un segundo. Allí, el director le dijo que no podían protegerla si permanecía en Salzburgo.

—Si no te capturan los rusos y los polacos, serás asesinada por los ucranianos.

—¿Y qué debo hacer? —preguntó Nusia.

—Tú no harás nada. Nosotros nos encargaremos de todo —dijo el gigante.

—David, consigue otros hombres y escóltenla hasta Linz —dijo el director.

35

Aquel mismo día Nusia volvió a ponerse en marcha. Salió del campo en un camión con la caja cubierta, para que nadie la viera partir. Viajaba acompañada por el gigante David y otros tres judíos que la acompañarían hasta Linz. Los cuatro iban armados, pero Nusia no tenía miedo porque esta vez las armas estaban allí para protegerla. Los hombres no hablaban. Se comunicaban con gestos mudos, marciales, y de a ratos corrían la lona del camión para comprobar que nadie los seguía.

Cuando el vehículo se detuvo, el gigante dijo:

—Espera aquí —y bajó del camión acompañado por los otros.

Durante unos minutos, rezó para que todo saliera bien.

Al ver a David, Slawka dejó de rezar su tercer padrenuestro.

—Ya puedes bajar. No te separes de nosotros —dijo el gigante, tendiéndole la mano.

Nusia bajó del camión. Estaban en la estación de trenes de Salzburgo. Los cuatro judíos la rodearon con sus cuerpos, y comenzaron a andar. Iban tan cerca de ella que Nusia debía estar atenta para no pisarlos y para que no la pisaran a ella. No entendía las razones de esa proximidad. Lo supo al llegar al andén y descubrir a la decena de ucranianos que la estaban esperando.

—No los mires, no te detengas —dijo David.

Nusia bajó la mirada. Rápidamente, David se acercó a dos soldados americanos que custodiaban la estación e intercambió unas pocas palabras con ellos. Nusia vio que los americanos la observaban y después asentían. David regresó con el grupo y dijo:

—Ya lo saben. No permitirán que los ucranianos ni los polacos se acerquen a ti.

—¿Los polacos?

David sonrió.

—Te persigue media Europa, Nusia —dijo señalando el otro extremo del andén.

Allí, cinco hombres conversaban mirando a Nusia, a los judíos y a los ucranianos.

Al fin, se oyó un ruido desde el sur y pronto el sonido del tren retumbó en la estación. En el andén, la gente comenzó a amontonarse. David y los otros aprovecharon su altura y se acercaron más a Nusia para ocultarla de la vista de todos. La locomotora ingresó a la estación seguida por los cinco vagones que arrastraba.

Cuando el tren se detuvo, los americanos comenzaron a apartar a la gente para liberar una de las puertas. Inmediatamente, David, Nusia y los demás subieron por la escalerilla y se acomodaron dentro del vagón. Desde allí pudieron ver que los ucranianos y los polacos intentaban subir sin conseguirlo.

Por fin, el tren comenzó a ponerse en marcha. Cuando dejaron la estación, David le acarició los cabellos.

—Tranquila, no tienes que preocuparte: te cuidará Simon.

Nusia no respondió.

—¿Sabes quién es Simon Wiesenthal? —insistió David.

—Un judío, ¿no?

David se rió.

—Por supuesto. ¿Pero sabes qué clase de judío es?

—¿Jasídico? ¿Ortodoxo?

David sacudió la cabeza, contrariado.

—No estoy hablando de religión. Por unos años tendremos que dedicarnos a otras cosas más prácticas que la religión. Simon Wiesenthal es un cazador de nazis. Recorre el mundo buscando a los criminales de guerra.

En la estación de Linz los esperaba un grupo de judíos y dos soldados americanos armados. Al bajar, David les hizo señas con las manos y ellos se acercaron. En silencio, Nusia vio que David abrazaba a los hombres y les hablaba al oído. Mientras tanto, los americanos custodiaban al grupo con sus armas, mirando en todas direcciones. David apoyó sus pesadas manos en los hombros de Nusia diciendo:

—Mi trabajo ha terminado. Ellos te escoltarán hasta la casa de Wiesenthal.

Nusia asintió.

—¿Qué tienes? —preguntó David.

—Nada —dijo Nusia.

David la sacudió por los hombros, como si eso bastara para liberarla del miedo y el cansancio.

—Alégrate, Nusia. En unos días llegará tu tren y viajarás a Polonia para reunirte con tu madre. Tienes que estar feliz.

Ella lo abrazó, le besó las mejillas y también se despidió de los otros hombres. Luego, David y sus tres compañeros volvieron a subirse al tren y se marcharon de regreso a Salzburgo.

En ese momento, uno de los judíos le dio la orden de avanzar. Nusia y los cinco hombres se pusieron en marcha. Atravesaron la pequeña ciudad de Linz en un camión desvencijado que llevaba pintados los símbolos de la Cruz Roja. Uno de los americanos viajaba junto al conductor, el otro en la caja, con Nusia y los judíos. Viajaron durante media hora. Luego, el camión se detuvo. Desde el exterior, llegó el murmullo de una plegaria. Nusia agudizó el oído tratando de entender lo que oía. De pronto, identificó algunas palabras que creía conocer.

Minutos después, las lonas del camión se descorrieron para enseñarle a un hombre alto, vestido con pantalones, camisa y tirantes, bigotes y la cabeza coronada por una calva incipiente. Tendría alrededor de cincuenta años, y un rostro afable en el que oscilaba una tibia sonrisa.

—Bienvenida, Nusia. Soy Simon Wiesenthal —dijo el hombre, tendiéndole una mano para ayudarla a bajar.

—Gracias, Simon —dijo Nusia, bajando.

Un par de meses atrás, si alguien le hubiera dicho que estaría rodeada de judíos, habría pensado que era una locura. Pero ahí estaba, caminando del brazo de Simon Wiesenthal, custodiada por hombres armados, a través de un campo repleto de refugiados judíos que oraban. Quizá estuvieran agradeciendo al cielo haber sido salvados, o bien pidiendo por el descanso de sus muertos. Lo cierto es que iban vestidos con ropas gastadas, con los cuerpos maltrechos y los ojos cansados, y sin embargo continuaban alzando las manos al cielo y rogando la misericordia de ese Dios que parecía haberse olvidado de ellos.

Siguieron caminando hasta que alcanzaron una pequeña casa prefabricada, de madera. Dentro, el teléfono no dejaba de sonar.

Wiesenthal se excusó con Nusia y corrió a atender la llamada, mientras ella contemplaba las decenas de fotografías de militares alemanes que había pegadas en las paredes. Algunas estaban tachadas, otras tenían escrito el nombre de pueblos y ciudades, fechas.

Wiesenthal hablaba a los gritos, pasando del inglés al hebreo y del hebreo al ruso. Gesticulaba. En un momento, le dio un puñetazo a la mesa. Nusia se asustó, pero inmediatamente Wiesenthal colgó el teléfono y la tranquilizó con una sonrisa.

—No temas. A veces tengo que gritar e insultar para conseguir lo que busco.

—¿Cuándo veré a mi madre? —preguntó Slawka, ante la sorpresa de Nusia.

—Viajarás junto a los otros desplazados en el primer tren que se dirija a Polonia.

36

Tres semanas más tarde, Wiesenthal la despertó con un grito:

—Nusia, hoy te marchas con tu madre.

Lentamente, Nusia abrió los ojos. No se alegró. David le había dicho lo mismo el día en que se marchó del internado de Salzburgo, y ya habían pasado dos meses desde entonces.

Ese mismo día, después de despedirse de Wiesenthal, Nusia se unió a la caravana de desplazados polacos y checos que viajarían en el tren. El grupo, de alrededor de cien judíos, iba custodiado por soldados americanos y otros judíos armados, vestidos de civil. Desde lejos, cualquiera hubiera reparado que en medio de aquella caravana de desgraciados mal vestidos y mal alimentados viajaba una hermosa muchacha que tenía las ropas limpias, el cabello bien peinado y el rostro perfecto, sin cicatrices ni ojeras. Incluso era la única que tenía custodia personal. Como si fuera una princesa, Nusia caminaba flanqueada por dos judíos con ametralladoras, algo que le resultó exagerado hasta que ingresó al andén y vio que la esperaban los ucranianos.

Los judíos la rodearon, formando un escudo humano con sus cuerpos. En medio, Nusia, asustada, le rezaba a la Virgen. La caravana de desplazados ocupaba todo el andén. En un extremo, los ucranianos aguardaban el momento oportuno para secuestrar a Nusia. O quizá les bastara asesinarla allí mismo, callándola para siempre con un disparo limpio por la espalda.

Cerca del mediodía, la estación se estremeció con el chirrido de las ruedas del tren. Era un tren de carga, y la mitad de los vagones ya estaban ocupados por otros judíos desplazados que llegaban desde Alemania. Después de tanto tiempo de espera, los refugiados de Linz no estaban de ánimo para esperar las indicaciones de nadie. Apenas se detuvo, subieron al tren por las puertas, por las ventanas. Todos querían regresar a casa. También Nusia. Pero ella no podía avanzar. Los ucranianos se habían acercado peligrosamente, y los judíos ya blandían sus armas.

El que estaba a cargo, tomó a Nusia de la mano y la guió hasta un vagón diciendo:

—No podemos fiarnos de nadie. Viajarás con la policía militar americana. Ellos te protegerán.

Pronto, el tren se puso en marcha. Durante unos metros, los ucranianos corrieron por el andén sin despegarse de la ventana de Nusia. La insultaban, le apuntaban con los fusiles mientras los americanos los amenazaban desde el tren. Al fin, salieron de la estación, y las ventanillas del vagón dejaron de mostrarle a sus perseguidores para proyectar el bello paisaje de Austria.

—Todo ha terminado —se dijo Nusia, conteniendo las lágrimas.

A su alrededor, los americanos comenzaron a fumar, a conversar sobre cosas que ella no podía entender. Lo que sí podía entender eran los carteles que señalizaban las vías. Así, horas más tarde, leyó el nombre de Salzburgo en uno de los carteles y se levantó.

—¿Qué hacemos aquí? —le preguntó a los gritos a uno de los americanos.

El soldado ladeó la cabeza. No entendía lo que decía.

Nusia volvió a repetirlo, en polaco, ruso y alemán. Otro soldado se acercó y le respondió en polaco:

—Debemos recoger a otros desplazados en Salzburgo.

Nusia volvió a sentarse. Le dolía la cabeza, como si en lugar de leerlo se hubiera golpeado con el cartel.

Lentamente, el tren alcanzó el centro de la ciudad. Ni siquiera Slawka tenía ánimos para mirar la ciudad donde había vivido ese último año. Todo en Salzburgo la asustaba. Al entrar a la estación y detenerse, el tren le reveló la cercanía del peligro: un grupo de hombres recorrían el andén observando las ventanas.

Dos horas más tarde, camino a Checoslovaquia, Nusia continuaba temiendo por su vida. Pero no recibió ningún disparo, al contrario: uno de los americanos se acercó a ella cargando un delgado colchón de lana. Los demás ya habían apartado los bancos. Con señas, el americano le indicó que podía acostarse en el suelo, como los demás. Nusia obedeció. No podía pensar nada por sí misma. Los nervios y el terror la habían dejado exhausta. Afuera anochecía. Se tendió en el colchón y se durmió oyendo de fondo a uno de los americanos cantar una canción, acompañados por el sonido de una armónica.

La despertaron al amanecer. El tren estaba detenido en la frontera de Austria con Checoslovaquia. Lentamente, Nusia se incorporó. Los americanos ya habían vuelto a colocar los bancos y habían recogido sus colchones. A través de las ventanas, llegaba la claridad del amanecer y el canto de los pájaros de los bosques cercanos. Nusia respiró hondo. Después de mucho tiempo, se sentía fuerte y renovada, como si hubiera dormido durante años.

Se acercó a uno de los americanos y preguntó en ucraniano, polaco y alemán qué hacían allí. El soldado primero la señaló a ella y luego señaló la puerta del andén.

—Poland… —dijo.

Nusia entendió que los polacos debían bajar. Se acercó a una de las ventanas. Junto a las vías sólo se veían soldados americanos. De los ucranianos no había ni rastro. Afuera, cientos de desplazados estaban sentados en la hierba, custodiados por soldados americanos y rusos. Nusia comenzó a caminar en dirección al grupo, esperando que algún bolchevique la identificara. Pero ningún militar le prestó atención. Todos estaban pendientes del tren, que volvía a ponerse en marcha. Los desplazados, en cambio, la observaban con sorpresa, casi con envidia. Una mujer se acercó para tocar su vestido.

—¿Me lo regalas? —le preguntó.

Nusia se apartó de ella con un movimiento brusco.

Durante horas, Nusia permaneció sentada junto a los otros desplazados que seguían mirándola con curiosidad. A su alrededor, algunos callaban, otros dormían y unos pocos conversaban. Hacía tanto tiempo que ella no hablaba el polaco que le costaba entender lo que decían los demás. Al final, dejó de prestarles atención y se concentró tan sólo en una imagen: las vías perdiéndose en las montañas del oeste.

Al atardecer, todos se pusieron de pie y comenzaron a aplaudir el tren que se acercaba. La locomotora se detuvo y los rusos y los americanos condujeron a los polacos hasta él. Nusia volvió a subir al vagón que ocupaban los americanos. Volvió a oír la voz de Wiesenthal:

—No te despegues de los americanos.

Minutos después, el tren se puso en marcha. Dejaron atrás Austria, y comenzaron a cruzar Checoslovaquia en dirección a Polonia.

El viaje, que debía durar menos de un día, se prolongó alrededor de una semana. El séptimo día, alguien dijo que pronto alcanzarían la frontera de Polonia. Ahora que estaba a punto de reencontrarse con su madre, de pronto se sentía nerviosa. Aquellos últimos kilómetros que el tren recorrió hasta la frontera parecieron durar años. De a ratos Nusia se incorporaba y caminaba por el vagón, mirando a un lado y otro del tren, tratando de encontrar algo, una señal, un rostro, que la convenciera de que todo había terminado.

Cuando el tren comenzó a aminorar la marcha, Nusia se incorporó y comenzó a arreglarse el cabello. Se peinó. Se alisó la ropa. Se sentó y se cruzó de brazos. Se incorporó y se pasó las manos por el rostro. Le hubiera gustado tener un espejo para ver su aspecto. Quería que su madre descubriera en aquella muchacha de diecisiete años a la niña de once que se había marchado a Varsovia.

El tren se detuvo soltando una nube de humo que por unos segundos ocultó el andén bajo un manto de hollín. Luego, el viento de las montañas barrió el humo y Nusia vio que en el andén había un batallón de soldados rusos.

En ese momento, una voz gritó en polaco:

—Todos los que se dirigen a Polonia deben bajar del tren.

Lentamente, de los vagones fueron bajando decenas de desplazados. Tras tantos días de viaje, habían perdido la alegría. Ahora sólo se quejaban del cansancio, del hambre y de los rusos que les daban órdenes y los maldecían. Eso no había cambiado. Antes de bajar, Nusia reparó en que los americanos no se movían. Se acercó al que hablaba polaco, y le preguntó si la escoltarían hasta Varsovia. El muchacho sacudió la cabeza.

—Los rusos controlan Polonia. Ve tranquila, los ucranianos no se animan a venir por estos lugares.

Nusia miró nuevamente a través de las ventanas. Ahí estaba la frontera polaca, a apenas cien metros de distancia. Al fin regresaba a casa. Y sin embargo Slawka no se animaba a bajar del tren. Pero Nusia no había cruzado media Europa para nada. Respiró hondo y bajó.

Afuera, se unió a la columna de judíos polacos que marchaban hacia la frontera, donde serían recogidos por otro tren que los llevaría al interior de Polonia. A un lado y otro, los rusos gritaban y apuraban a los desplazados con la punta de sus fusiles. Algunos hombres los insultaban en voz baja. Algunas mujeres lloraban: se habían salvado de los nazis, y ahora estaban en manos de los bolcheviques. De pronto, Nusia no sabía si estaba caminando hacia la libertad o cayendo en otra trampa.

Pero entonces vio a su madre.

Y supo que todo había terminado.

Se echó a correr hacia Helena y la abrazó con todas sus fuerzas.

Su madre la contempló detenidamente, como si necesitara convencerse de que su hija estaba viva. Luego, le acarició la frente, los brazos, los cabellos, el vestido.

—Te has convertido en una mujer hermosa —dijo Helena, sin dejar de llorar.

Durante los años que habían estado separadas, Helena había imaginado mil desenlaces para la vida de su hija. Cámaras de gas, fusilamientos, torturas…, ni en sus sueños más ambiciosos había esperado que Nusia se salvara y regresara así, sin un solo rastro de la guerra. Sin embargo, Slawka sabía que la guerra no la había tratado con indiferencia, y que todas sus cicatrices estaban ocultas bajo esa piel suave que su madre acariciaba ahora.

37

Tomadas de la mano, Helena y Nusia guardaban silencio. Apenas si habían hablado desde su encuentro. Se limitaban a acariciarse las manos, a mirarse con ojos cargados de palabras y lágrimas que tardarían años, siglos en salir. Al fin, cuando un oficial ruso entró al vagón para anunciar que pronto llegarían a Cracovia, Helena pareció recobrar algo de ánimo y dijo:

—Eva y Abraham están desesperados por verte.

—Yo también —dijo Nusia.

—Y la tía Ruzia también. Ellos viven en Bytom. Los veo los fines de semana.

—¿No vives con ellos? —preguntó Nusia, sorprendida.

—No, he conseguido trabajo en Cracovia. Así que paso la semana allí. Los viernes me marcho a Bytom a pasar dos días con ellos. Ya verás, Cracovia no fue destruida y sigue pareciendo una ciudad —dijo Helena, sonriendo.

Slawka bajó la mirada. Había estado una semana en Cracovia con Ígor y Claudia antes de ir a Austria. Por un momento pensó en decírselo a su madre, pero calló. Helena siguió hablando hasta que llegaron a Cracovia. Le contaba sobre aquellos amigos que habían sobrevivido, de sus planes de marcharse de Polonia, del futuro. Sin embargo, no mencionaba a los muertos. Era como si hubiera olvidado que antes de la guerra había tenido un marido y una hija mayor.

Al llegar a Cracovia, se dirigieron a la casa en la que vivía Helena. Durante el camino, que recorrieron a pie, Nusia pudo ver soldados rusos y sobrevivientes judíos que vagaban por las calles buscando colaboracionistas y trabajo. Pero la ciudad tenía un movimiento que inspiraba confianza, como si el mundo nuevamente hubiera regresado a su cauce natural, después de ese devaneo macabro que había durado cinco años.

Helena alquilaba una pequeña habitación en una casa pequeña. Al entrar, abrazó a su hija diciendo:

—Mira, he conseguido una cama para ti.

—Gracias.

—Ahora le escribiré a Claudia, esa mujer que tan bien te ha cuidado. Quiero darle las gracias.

Al oír el nombre de su madre adoptiva, Slawka sintió unas enormes ganas de llorar. Sin embargo, Nusia mantuvo la calma. Todo era tan extraño..., su madre la abrazaba, pero ella sentía que estaban separadas por una distancia infranqueable.

Helena abrió un cajón del único mueble que había en el cuarto y retiró un sobre. En él, Slawka reconoció el trazo perfecto de la mano de Claudia. Mientras Helena se sentaba para escribir su carta de agradecimiento, Nusia tomó la carta que había enviado Claudia y comenzó a leerla:

Estimada señora:

Durante todos estos años, he tratado a Slawka como a una hija.

Me he preocupado por educarla, por enviarla a los mejores colegios. Espero que usted haga lo mismo. Ella lo merece.

Atentamente,

CLAUDIA BEZRUCHKO

Slawka dejó la carta sobre la mesa, mientras Nusia se llevaba las manos al rostro para que su madre no la viera. Se sentó en la cama, llorando. Helena la observó en silencio y se limitó a secarle las lágrimas con un pañuelo bordado.

Epílogo

En 1949, Nusia, su madre, su tía y sus primos se unieron a ese éxodo masivo que llevó a los sobrevivientes a los cuatro puntos cardinales del mundo con un solo objetivo: dejar atrás aquella tierra arrasada, sembrada de escombros, ausencias y cenizas en que se había convertido Europa.

Alcanzaron un país nuevo llamado Argentina, donde se establecieron y comenzaron a trabajar. Ese mismo año, Nusia conoció a Julio Gotlib, un judío polaco que había escapado de un campo de exterminio y había sobrevivido en los bosques, luchando contra los nazis en las filas de una avanzadilla de partisanos rusos. Julio hablaba de todo, y cuando pasó el tiempo y nacieron sus tres hijos, se acostaba con ellos a mirar televisión y les contaba sus anécdotas de la guerra mientras Nusia lo contemplaba en silencio. Ella nunca hablaba de su propia experiencia ni de Slawka, que había empezado a convertirse en un fantasma lejano. Para Julio era un misterio cómo su mujer había escapado de la barbarie. Sin embargo no le hacía preguntas, no la presionaba, respetaba su silencio para protegerla de esos fantasmas que lenta, inevitablemente, los años se encargaron de disipar hasta volverlos un recuerdo que ya no exigía ninguna coartada contra el dolor.

Nusia y Julio progresaron con la fuerza sobrehumana de los sobrevivientes, y alcanzaron una posición económica que les permitió disfrutar de la vida como no lo habían podido hacer de jóvenes. Comenzaron a viajar, a recorrer el mundo, encontrado amigos, familiares y testigos de aquella guerra que había marcado a toda la humanidad.

Sin embargo, les costó varias décadas juntar las fuerzas suficientes para volver a Polonia y visitar el escenario del terror. Al fin, cuando lo hicieron, primero recorrieron el pueblo de Julio y su bosque, que se mantenía igual a como él lo recordaba.

Luego, ambos se dirigieron al este. Desde el final de la guerra, Lwow había quedado dentro de las fronteras ucranianas, y ahora la ciudad se llamaba Lviv. Nusia recorrió las mismas calles por las que había caminado de la mano de su padre. Visitó la ópera, los jardines, el departamento en que había vivido con su familia hasta que se marchó de Lwow.

Todo había cambiado. Los letreros de las calles estaban escritos en ucraniano. Los edificios de arquitectura soviética afeaban la ciudad, pero no podían ocultar los felices recuerdos de su infancia. En una iglesia, como lo había hecho durante todos esos años, Nusia encendió una vela en memoria de Claudia Bezruchko.

Aquella primera noche en Lwow eligieron uno de los restaurantes más caros de la ciudad. Como siempre, Julio pidió el mejor vino, y esta vez tenían muchos motivos para beber y celebrar. Estaban vivos. En Argentina los esperaban sus hijos, sus nietos, sus amigos. Las cuentas habían comenzado a cerrarse hacía tiempo.

Julio estaba hambriento. Como el ucraniano era una de las pocas lenguas que no hablaba, le tendió la carta para que ella le tradujera el menú. Con placer, Nusia nombró en polaco las antiguas comidas de su infancia. Se decidieron por una degustación de diferentes platos. No querían perderse nada de lo que la vida podía ofrecerles.

Nusia llamó al camarero. Abrió la boca para pedir la cena, pero al buscar las palabras ucranianas para hablar, no pudo encontrar ni un solo vestigio de la lengua que en su día le salvara la vida. De pronto había olvidado todo. Molesto, el camarero soltó algo que ella no pudo entender.

—¿Te ayudo? —preguntó Julio, confundido.

—No recuerdo cómo se habla el ucraniano —contestó Nusia, sorprendida.

Slawka se había marchado para siempre.

Buenos Aires, febrero de 2016

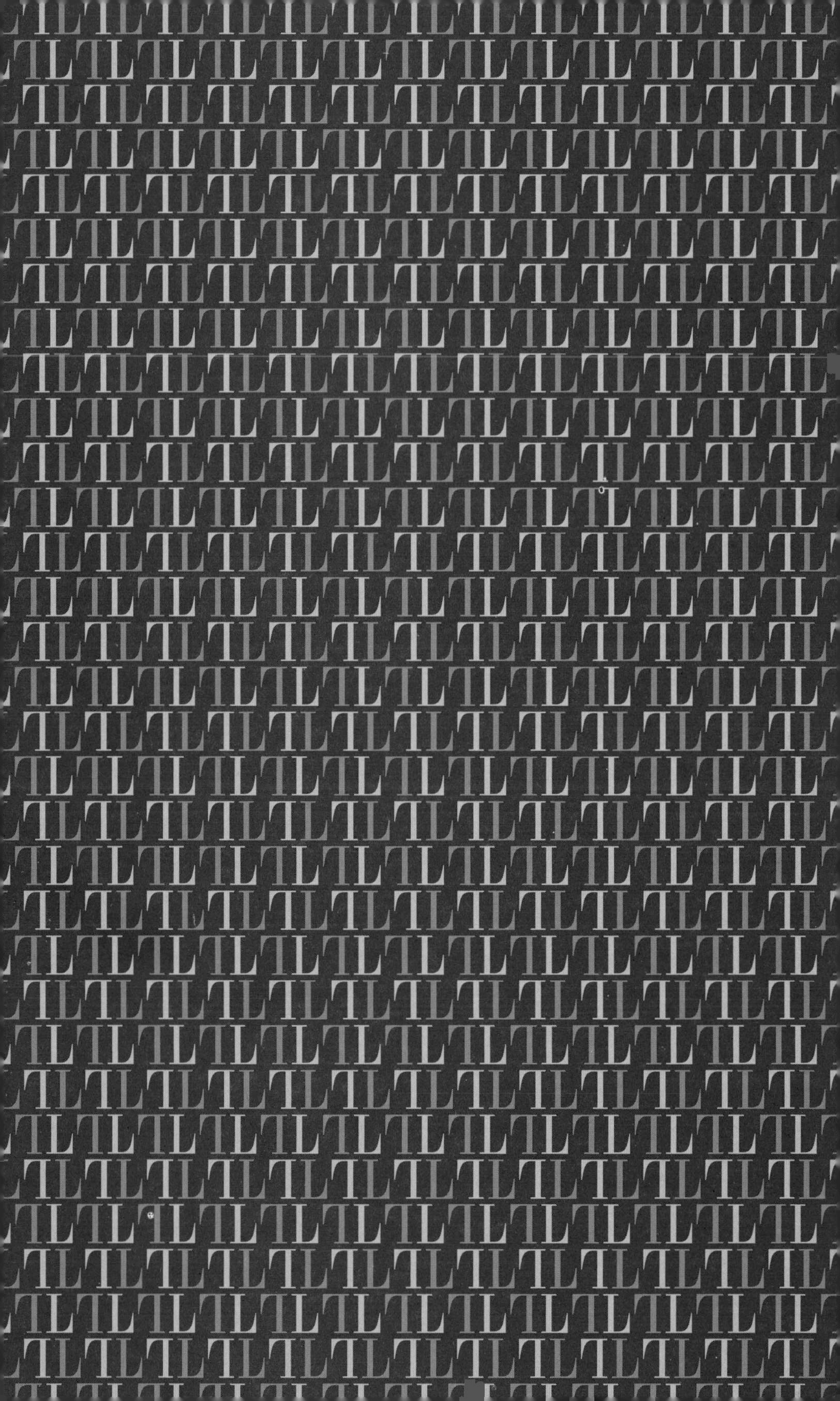